無生錄

무생록

FANTASTIC ORIENTAL HEROES

이민섭 新무협 판타지 소설

무생록 1

이민섭 新무협 판타지 소설

초판 1쇄 찍은 날 § 2013년 11월 18일
초판 1쇄 펴낸 날 § 2013년 11월 25일

지은이 § 이민섭
펴낸이 § 서경석

편집부장 § 권태완
편집책임 § 어정원
편집 § 정수경

펴낸곳 § 도서출판 청어람
등록번호 § 제1081-1-89호
등록일자 § 1999. 5. 31
어람번호 § 제2-2423호

주소 § 경기도 부천시 원미구 심곡2동 163-2 서경B/D 3F (우) 420-822
전화 § 032-656-4452 팩스 § 032-656-4453
http://www.chungeoram.com
E-mail § chungeorambook@daum.net

ⓒ 이민섭, 2013

ISBN 978-89-251-3564-9 04810
ISBN 978-89-251-3563-2 (세트)

無生錄

무생록

1

이민섭 新무협 판타지 소설

FANTASTIC ORIENTAL HEROES

도서출판 청어람

序

불로불사란 존재할 수 있을까?

무림인들이 내공을 닦아 득도의 길에 매진했지만 우화등선의 길 외에는 진정한 불로불사의 의미에는 접근할 수가 없었다.

그것은 그 누구에게도 허락되지 않는 영역.

하지만 그는 그것을 바라지도, 생각해 본 적도 없었다. 어느 순간 찾아온 불청객에 불과했다. 단순한 사고였다.

늙지 않는다.

굶어 죽을 수도, 상처를 입어 죽을 수도 없다.

그 어떠한 이유로도, 무엇으로도 절대 죽지 않는다.

그렇기에 무엇이든 이룰 수 있다.

"지루하다."

삶의 의미가 존재하지 않았다.
무한한 삶을 얻었기에 담을 수도, 덜 수도 없다.
남겨진 것은 오직 견딜 수 없는 지루함뿐이었다.

第一章
득도촌(得道村)

무생록

멀리서 보자면 그럴 듯한 곡선을 그리며 솟아 있는 산이 있다.

잘난 구석이 없는 이름 모를 산.

그저 이 근방의 사람들에게나 영생산(永生山)이라 불린 이 산은 험준하지도, 그렇다고 원만하지도 않는 어디에나 있을 법한 지극히 평범한 산이었다.

누구도 관심을 갖지 않았고, 특히 도를 닦는 자들은 이 산에 오를 까닭이 없었다.

근 오백 년 이래로 그 어떤 영약도 영물도 발견되지 않았고, 흔한 약초들조차 효력이 없어 잡초처럼 취급받는 형국이었다. 때문에 외지 사람들이 올 까닭이 없었고 소규모의 마을들만이 산 둘레에 간간이 있을 뿐이었다.

분명 백여 년 전까지는 비참할 정도로 조용했었다. 찾아오는 객이라고는 길을 잃어 어쩔 수 없이 묵어가는 사람들뿐이었다.

백여 년 전부터 돈 기이한 소문.

그곳에 당도하면 누구나 득도할 수 있다!

무림을 진동시키는 소문은 누가 생각해 봐도 도저히 정상적인 것이 아니었다. 하지만 커다란 벽에 부딪혀 절망을 겪고 있는 무림인들에게는 한줄기 빛과도 같은 소문이었다.

그 결과 무림인은커녕 사람이라고는 찾아볼 수 없었던 이 근방은, 소문을 듣고 찾아온 무림인들로 장사진을 이루곤 했다.

난리법석이 정리된 것은 그로부터 십 년 정도가 지난 후의 일이었다.

도대체 무슨 사건이 있었던 것일까?

지금은 다른 의미로 그 누구의 발걸음도 닿지 않는, 아니 닿을 수 없는 장소가 되어버렸다. 마치 서로 약속이라도 한 듯이 말이다.

"허어, 날이 좋구나."

산과 가장 가까운 길, 마을에서 얼마 떨어지지 않은 길목에는 늘 허름한 차림의 노인이 앉아 있었다. 누군가는 그를 광노라 불렀다. 머리카락이 다 빠져 머리에서 빛이 난다는 유치한 이유에서였다.

이곳에 처음 온 자들은 그를 대놓고 무시하곤 했지만 영생산에서 나갈 때면 과분할 법한 예로 그를 회생선인(回生仙人)또는 불광노야(佛光老爺)라 엎드리다시피 칭송하며 대했다. 그것은 겪어보지 않은 사람은 모를, 기괴한 일이었다.

광노는 늘 그렇듯 약들이 든 꾸러미를 의자 삼아 앉고는 다가올 손님을 기다렸다.

"허허, 저기 오는군."

손님을 맞이하는 일은 극히 적었고 시기를 두고 늘 일정했다. 그것은 어느샌가부터 법칙처럼 되었다.

"이 길이 득도촌(得道村)으로 가는 길이오?"

멀찍이 있던 노인이 광노에게 바람처럼 다가와 물었다. 평범한 사람이라면 화들짝 놀라 엉덩방아를 찧을 만한 움직임이었다. 무림인들이라면 인외의 신법이라며 칭송했을 법했다.

분명 평범한 노인은 아닌 것으로 보였다. 흰 수염이 명치를 한참 지나 배꼽까지 내려와 있었고, 손에는 윤기가 나는 지팡이를 쥐고 있었다. 등짐을 보면 꽤나 먼 곳에서 온 것 같지만 새하얀 도복에는 먼지 하나 붙어 있지 않았다.

무림인.

그것도 충분히 인외라 불릴 수 있는 경지에 도달한 자였다. 하지만 광노는 여전히 여유로웠다. 그러한 모습에 오히려 노인이 머쓱해질 정도였다.

“어디서 오셨소?”

“화산에서 왔소.”

“꽤나 먼 곳에서 오셨구려.”

노인의 인상이 살짝 찡그려졌다. 노인은 광노에게서 어떠한 기세도 느낄 수 없었다. 그저 세월에 지쳐 초라하게 늙은 촌부처럼 보일 뿐이었다.

밭에서 뒹굴다 온 것 같은 행색이 보이자마자 노인의 마음은 실망감으로 물들었다.

화산에서부터 하산하여 이곳 산동의 끝자락에 오기까지는 품었던 기대로 그 걸음이 너무나도 가벼웠다. 하지만 지금은 실망감과 함께 그동안 쌓였던 피로가 한꺼번에 몰아닥치는 듯한 느낌을 받는 노인이었다.

'그렇게 기다렸건만 고작 이런 자가 득도의 길로 안내해 준다니……! 그 말들이 다 허언이란 말인가? 우화등선하신 사부님의 말씀이 도저히 이해가 되지 않는구나!'

복잡한 심경을 감추지 못한 노인은 고개를 내저었다. 그 모습을 본 광노는 웃음을 그리며 앞장서기 시작했다.

“따라오시구려.”

광노는 평범한 발걸음으로 산을 올랐다. 어떠한 내공도 신법을 배운 흔적도 느껴지지 않았지만 그 걸음은 무척이나 빨랐다. 그 걸음에는 격을 깨는 무언가가 묻어 있었다. 그제야 노인의 눈동자가 놀라움으로 물들었다.

'무언가 있는 게로군.'

그렇게 생각한 노인은 다소 안심하며 광노를 따랐다. 일각 동안 그렇게 걷자 나무로 된 명패가 눈에 들어왔다.

득도촌(得道村).

노인은 그 글자를 보는 순간 우두커니 멈추어 설 수밖에 없었다.

'이런 기세가!!'

한자 일획 일획을 그은 솜씨는 마치 산을 가를 듯한 웅장함이 묻어 있었다. 단지 웅장한 것이라면 이렇게 굳어버리지 않았을 것이다. 그 안에 존재하는 압도적인 예기와 자유로움은 노인에게 막대한 충격을 주었다.

이것은 그가 그토록 갈망하던 모든 것이었다.

'극도의 예기로 자유로움을 저렇게 표현하다니. 말미에 닿은 자하신공의 오의도 저렇지는 않았다. 무엇을 위한 예기란 말인가. 저런 무형의 자유가 형(形)을 깨지 않는단 말인가? 내가 저것을 검으로 표현할 수 있을까?'

노인의 눈이 서서히 닫혀졌다. 몸 안에 갈무리된 내공이 서서히 돌며 자주 빛이 뿜어져 나오기 시작했다.

"쯧쯧, 백주(白晝)에 명상이라니. 일어나게, 이제 그만 들어가야 하네."

광노의 말에 노인의 몸이 흠칫하고 흔들리더니 눈이 부릅떠졌다. 노인의 눈에는 아쉬움이 가득했다. 조금 더 명상을 했더라면 큰 벽 하나를 허물 수 있었을 테니까.

원망 어린 눈으로 바라보았지만 광노는 아무렇지도 않은 표정으로 노인을 바라보다가 품에서 단약 하나를 꺼내 건넸다.

'이것은?'

달콤한 냄새와 함께 풍기는 청명한 기운은 범상치 않았다. 화산의 비보와 견주어도 손색이 없을 완성형에 가까운 내단이었다. 무림 가운데에 던져 놓으면 피바람이 불어도 한참 불 정도의 영약이었다.

"입가심으로 드시구려. 간혹 피를 토하며 쓰러지는 자들이 있어 여간 피곤한 것이 아니니."

노인은 조심스럽게 단약을 받아 들고 입안에 머금었다. 운기조식을 취해야겠다고 생각했지만 단약의 기운은 자연스럽게 퍼져 몸 안에 흡수되었다.

'최고의 명약이로군!'

소림의 대환단에 비해 떨어지지 않은, 아니 오히려 더 뛰어난 단약의 효능이었다. 노인은 마음을 다스렸다.

지금은 인연이 없는 경지였다. 하지만 미세하게나마 그 끝자락을 잡았으니 정진하면 도달할 수 있을 것이다.

노인이 그렇게 다짐하며 마음을 다스리고 있을 때 광노는 잠시 멈추어 서고 노인을 바라보며 입을 떼었다.

"규율은 숙지하고 있소?"

"그렇소."

그것은 까마득한 항렬의 선배들로부터 입으로 전해져 오는 규율이었다.

─하나, 득도촌에 들어가서는 내공을 일으키지 않는다.
─둘, 무엇도 묻지도 궁금해하지도 않는다.
─셋, 평범하게 객잔을 이용하는 것처럼 행동하라.

거의 세뇌에 가깝게 주입을 당했기에 노인은 너무나도 잘
숙지하고 있었다.
"자, 그럼……."
광노는 앞장서서 득도촌으로 들어갔다. 득도촌의 정경은 대
단했다. 건물 하나하나가 살아서 숨 쉬는 듯한 기백을 뿜어내
고 있었다.
황궁의 건물들이 이러할까!
노인의 걸음이 비틀거릴 정도였다. 문패는 시작에 불과했던
것이다. 내상을 입어 새빨간 선혈이 입에서 새어나왔다. 운기
를 하지 않으면 크게 곪을 수도 있을 정도였다.
규율을 깨야 하나 고민하는 순간 단약의 약효가 돌아 내상
을 순식간에 치료했다.
'이 무슨?!'
노인은 생각하는 것을 멈추었다. 선배들의 목소리가 뇌리를
강타했기 때문이다.

"그 무엇도 궁금해하지 마라!"

　겨우 마음을 다스린 노인은 광노를 따라 객잔으로 들어갔
다. 이런 변방에 있을 법한 외관이 아니었다. 성도에 간다고
하더라도 이름을 날릴 정도로 아름다웠고 양각 또한 너무나
화려했다.

　광노는 헛기침을 하더니 입을 떼었다.

"무생, 자네 있는가?"

"광노, 자네로군. 오랜만에 손님인가?"

"허허, 그렇다네."

　무생이라 불린 자가 객잔의 구석에서부터 걸어 나왔다. 처
음 보는 격식의 복장을 한 제법 키가 큰 청년이었다. 복장은
전체적으로 정갈한 느낌이었고 자연스럽게 물든 색이 무척이
나 보기 좋았다.

"아!"

　거기에 청년의 탁월한 외모까지 더해지니 감탄성이 나올 지
경이었다. 마치 장인의 손길이 닿은 듯한 보석과도 같은 모습
이었다. 눈을 감으며 호흡을 가다듬은 노인이 다시 눈을 떠 무
생을 바라보았다.

　부동심에서 보았음에도 그는 여전히 굉장한 미남자였다. 밤
하늘을 보는 듯한 깊은 눈동자가 인상적이었지만 노인은 그것
을 발견할 수 없었다. 그 눈동자 안에 숨겨진 막대한 세월과
쌓아올려진 권태로움을 노인은 결코 읽을 수 없었다.

　노인은 무생이 등장하자 공기가 달라진 듯한 느낌을 받았

다. 그 느낌에 잠시 의아함을 머금었다. 묵묵히 걸어와 광노 앞에 멈춘 무생은 광노의 뒤에 서 있는 노인을 발견하고는 살짝 묵례했다.

"일단 앉으시지요. 간단한 요리를 내오겠습니다."

"그, 그럼 부탁함세."

노인은 무생이라 불리는 청년을 자세히 바라보았지만 그 어떠한 특이한 점도 발견할 수 없었다.

무공을 익힌 흔적도 없고 걸음걸이도 일정치 않았다. 무척이나 잘생긴 얼굴에 키가 큰 것을 제외하고는 여타 청년과 다를 바가 없었다. 하지만 기이하게도 노인의 감각은 그를 경계하고 있었다. 저절로 식은땀이 나오고 주먹이 꽉 쥐어질 지경이었다.

'도대체 저 청년은 누구인가?'

노인의 물음에 답해줄 사람은 아무도 없었다.

무생은 천천히 주방으로 들어갔다. 특이하게도 이 객잔은 주방이 모두 개방되어 있어 요리하는 것을 볼 수 있었다. 노인은 무생을 살펴보다가 그의 근골에 생각이 미치는 순간 눈이 번뜩여졌다.

'어떻게 저런 근골이!? 저것은 타고난 것이 아닌 만들어진 것이다! 하지만 무공을 익힌 흔적을 찾아볼 수 없으니 이게 어떻게 된 일이란 말인가!'

복잡한 심정으로 무생을 바라보는 순간, 무생이 부엌칼을 들었다.

'어억!!'

덜컹!

노인이 화들짝 놀라며 일어나자 의자가 뒤로 넘어지며 바닥
에 쓰러졌다. 노인은 쓰러진 의자에 신경조차 쓰지 않고 무생
을 극도의 충격이 섞인 표정으로 바라볼 수밖에 없었다.

'아, 압도당한다! 태, 태산을 마주한… 아니, 태산을 가르는
검을 마주한 기분이야!'

무생이 야채를 썰기 시작한다. 부엌칼이 춤을 추듯 도마 위
에서 비산한다. 공기가 일렁이는가 싶더니 오이가 너무나도
깔끔하게 순식간에 베어져 나갔다. 거의 동시라 부를 수 있는
찰나의 순간에 일어난 일이었다.

부엌칼 앞에 자신이 일생을 바쳐 이룩한 검이 무너져 내린
다. 막대한 충격이 몸 안을 뒤흔들었다. 그것은 인지를 넘어
선, 감히 사람이 할 수 있으리라고 생각되지 않는 가장 최적의
검로였다.

"허억!"

무생이 한 손으로 부엌칼을 잡고 다른 한 손으로는 냄비를
잡아 공중에 튕겼다. 그러한 과정은 물 흐르듯 자연스러웠다.
하지만 노인이 입을 떡 벌린 것은 그 과정 때문이 아니었다.

너무나도 빨랐다. 아니, 그것은 결코 빠른 것이 아니었다.
정확히 말하자면 그 동작이 보이지만 인지할 수 없어 이해조
차 되지 않는 것이었다. 현경을 바라보는 그의 사고가 멎어버
리는 순간이었다.

'아무리 허초를 섞는다고 하더라도 움직임에 준비 과정이 있고 그 결과가 예측되는 것이 순리이거늘, 마치 물과도 같은 모습이지 않는가! 신선의 칼솜씨가 저러할까?'

만약 저런 식의 공격이 자신에게 쏟아진다면 막아낼 자신이 없는 노인이었다.

'그랬던 건가? 완성되었다고 생각했던 자하신공은 겨우 첫 자락에 불과했던 것인가? 내 손으로 유실된 자하신공의 구결을 다시 완성시키는 것은 무리였던가! 허허, 욕심을 버렸어야 했거늘.'

노인은 차분하게 바닥에 앉아서 경건한 손짓으로 허공을 가르더니 천천히 손을 내렸다. 그러고는 눈을 감았다. 그 모습은 신선을 보는 듯한 신비가 있었다.

노인의 명상은 무생이 요리를 끝낼 때까지 계속되었다. 무생은 늘 하던 일처럼 태연하게 요리를 접시에 담아 노인이 있는 탁자로 다가갔다.

"음? 의자를 놔두고 왜 바닥에 앉아 계시는 거지?"

"신경 쓰지 말게, 이런저런 사람이 있지 않은가?"

"하긴, 자네가 데려온 손님들은 모두 다 특이했어."

노인이 갑작스럽게 토혈을 하더니 개운한 표정으로 눈을 떴다. 무생은 노인의 안색을 잠시 살펴보다가 탁자 위에 음식들을 올리기 시작했다.

노인은 천천히 일어나 최대한 예를 갖추며 의자에 앉았다.

"드시지요."

"가, 감사히 잘 먹겠습니다."

노인은 부담스러울 정도로 무생에게 예를 갖추며 말했다. 무생은 눈을 깜빡이다가 고개를 끄덕이고는 차를 따라주었다. 간단한 소면과 냉채였지만 그 향기는 결코 간단치 않았다. 노인이 소면을 한입 먹는 순간 그 몸이 굳어졌다.

두 눈이 크게 떠지며 눈물이 흐르기 시작했다. 닭똥 같은 눈물이 이슬처럼 떨어져 내렸다.

"이런 맛이……!"

노인은 감탄하며 떨리는 손으로 젓가락질을 시작했다.

"이런! 나도 한 그릇 주게. 이번엔 특별히 돈을 내도록 하겠네."

"자네의 외상값을 알고 생색내는 건가?"

"허허허, 뭐 손님도 없지 않은가?"

무생은 고개를 설레 젓고는 소면 한 그릇을 더 내와 탁자에 올렸다. 광노와 무생의 평범해 보이는 풍경과 다르게 노인은 마치 자신이 신선이 된 듯한 느낌을 받는 중이었다.

혀를 노니는 맛은 극락으로 인도했고 깊은 맛의 탕은 오장 육부를 씻겨주는 얼큰한 천상의 탕이었다.

거기다 냉채는 어떠한가. 중후한 내공과 깊은 수련으로 몸 안에 노폐물은 존재하지 않지만 정신적인 노폐물, 심마는 늘 도사리고 있게 마련이다. 하지만 이 간단한 오이 냉채를 먹는 순간 마음에 평화가 찾아오고 부동심을 익힌 노승처럼 모든 고민과 괴로움이 다스려졌다.

딱.

노인은 젓가락을 놓으며 두 눈을 감고 정중히 인사했다.

"큰 은혜를 입었습니다."

"배가 어지간히 고프셨나 보군요. 객실값에 포함된 것이니 괘념치 마시지요."

이어진 차와 간단한 술에 노인은 거의 실신할 지경이 되어 객실로 들어왔다. 객실의 가구들은 지금 당장 내놓는다면 사겠다는 사람으로 장사진을 이룰 만큼 미려했다.

'반박귀진의 고수, 아니, 현세에 내려온 신선일지도 모른다. 무섭구나, 무서워. 무생(無生), 번뇌나 미혹이 일어나지 않는 열반의 경지, 과연 그 말이 맞구나.'

노인은 득도촌 입구에서 자신을 깨운 광노의 깊은 뜻을 이제야 깨달을 수 있었다. 자칫 잘못하면 주화입마에 빠져 평생 이룬 모든 것을 잃을 수도 있었다.

객잔에 들어서자 넘을 수 없을 것 같은 벽이 낮아졌음을 느꼈다. 노인은 비로소 마음으로 상대를 읽는 심안의 경지를 깨우쳤다.

'장문인에서 물러나고 나서야 화산의 영광과 나 자신의 수행은 같지 않다는 것을 알게 되었구나! 작은 것도 큰 뜻을 품을 수 있으니 직위와 자리가 무에 중요할꼬.'

자신의 마음에 존재했던 욕심이 사라지는 순간 심마는 조용히 물러갔고 깨달음은 더욱 깊어졌다.

은은했던 자줏빛이 점점 깊어지고 좌선한 노인의 몸이 서서

히 떠올랐다. 조용한 노을만이 그러한 노인의 모습을 비추었
다.

＊　　　＊　　　＊

무생.

단지 삶이 없다는 의미의 이름이었다. 그것에는 어떠한 깊
은 의미도 없고 불교적인 깨달음을 의미하는 것도 아니었다.
무생 본인이 그런 의미로 지은 자신의 이름이었으니 말이다.

"이곳도 이제 백 년을 넘은 지 오래네."

기이한 말이었다. 약관을 갓 넘은 듯한 청년으로 보이는 자
가 어찌 백 년을 넘게 이곳에 머물 수 있단 말인가.

"세상에 아직 배울 수 있는 많은 것들이 있어서 다행이군."

무생은 밤하늘에 뜬 달을 고개를 들어 바라보다가 객잔 안
으로 들어와 청소를 시작했다.

빗자루를 드는 순간 그의 기도가 달라지는가 싶더니 먼지가
바닥을 떠 공중에 비산했다. 단숨에 빗자루를 돌려 먼지를 한
곳에 몰더니 밖으로 뿜어내었다.

"후, 개운하다."

다른 사람이 봤더라면 입을 떡하니 벌렸을 이 광경은 그에
겐 백 년이 넘도록 해온 청소에 불과했다. 그것보다 큰 의미를
찾을 수 없는 것이었다.

달칵!

　객실의 문이 열리고 하룻밤 머물렀던 노인이 모습을 드러냈다.

　무생은 노인의 표정이 마치 변비가 해결된 아낙네 같다고 생각했다. 간밤에 무슨 일이 있던 것인지 모르겠지만 손님이 편히 지냈다면 그걸로 되었다는 무생의 생각이었다.

　노인은 무생에게 크게 예를 취하고 제법 많은 은자를 쥐어준 다음 객잔 밖으로 나갔다.

　"이건 너무 많네."

　"무생, 그냥 받아두게."

　"자네는 여전히 소리 없이 나타나는군."

　노인이 나가자마자 홀연히 나타난 광노의 모습에 무생이 말했다. 손에 쥔 은자 꾸러미를 아무렇게나 탁자 위에 버리듯 올려놓은 무생이었다. 광노는 부드러운 웃음을 지으며 손에 든 술병을 흔들어 보였다.

　"허허, 무생, 귀한 술을 구했는데 한잔할 텐가? 물론 자네가 담근 술에 비할 수는 없겠지만 말이야. 자네가 만든 술을 마시면 금방이라도 신선이 될 것 같으니 더 이상 마시지 않으려고 하네."

　"이 친구, 농이 늘었군. 그래. 술, 술이라. 좋지."

　무생은 주방에서 간단한 안주를 만들어서 내왔다. 탁자에 광노와 마주앉아서 술잔을 기울기 시작했다.

　"그러고 보면 무생, 자네와 같이 지낸 지 구십여 년이 넘어가는구만."

"그렇게 되었군. 그 세월 동안 자네가 달라진 거라곤 주름 몇 개가 생긴 것뿐이니 자네는 정말 신기해."

"내가 할 소리를 하다니. 허허, 참."

무생은 피식 웃고는 광노와 처음 만났던 날을 생각했다. 비가 내렸던 날이었다. 득도촌이라고 불리기 전, 거지 소굴에 불과했던 촌락 앞에 반죽음 상태로 있던 광노를 무생이 발견한 것이다.

광노를 구해준 것은 무생이었다. 광노는 똑똑히 기억했다. 신기에 가까운 침술로 단번에 독을 몰아내는 무생의 모습을 말이다. 무생은 대수롭지 않게 생각했지만 광노는 당시 심마에 지배당할 뻔했을 정도로 충격에 빠졌었다.

"마침 내가 의술에 빠져 있던 때라 다행이었지."

"허험, 꽤나 지독한 독에 당했는데 말이지. 어떻게 그렇게 고칠 수 있나?"

"오랫동안 세상에 나가보지 않아 모르겠지만 그 정도는 보통이 아닌가? 뭐, 오랜 경험의 성과라 해두게."

"자네가 그리 생각하면 그런 것이겠지."

광노는 술잔을 들이켜고는 비어 있는 무생의 술잔에 술을 따라주었다. 무생은 잠시 광노를 바라보다가 입을 떼었다.

"광노, 자네 예전에 어느 집단을 이끌었다고 했었나?"

"자네는 잘 모르겠지만 무림이라는 곳에서였지. 사파라 불리는 곳 중에서도 가장 큰 곳이었는데 제법 재미났지."

"무림이라. 싸움질하는 곳으로 알고 있지만 뭐, 나와는 별

상관없는 곳일 테지.”

“자네야 이것저것 하는 것만으로도 바쁘니 말일세.”

무생은 쓸쓸하게 웃으며 고개를 저었다.

“세상은 시시해.”

“그런가.”

무생의 말은 무척이나 광오한 것이었지만 광노는 무생이 그
런 말을 할 자격이 된다고 생각했다.

“시간만 있다면 사람은 무엇이든지 할 수 있지.”

“그래서, 자네는 무엇이라도 할 작정인가?”

“그래야겠지. 뭐라도 하지 않으면 미칠 것 같거든. 사람은
수명이 정해져 있기 때문에 비로소 가치가 있는 것 같아. 가치
란 것은 질적인 높고 낮음이 아니라 자신이 가진 것을 시간을
태워 이룩한 의미 있는 것이지.”

“요즘 무료한가?”

“그렇긴 한데 요 이십 년은 대장장이 노릇을 해보니 시간이
잘 가더라고.”

“자네는 여전히 죽고 싶은 마음뿐이로군.”

“알지 않는가? 죽지 못해 살고 있어. 지금 이 순간에도 난 죽
고 싶다네. 단지 흥미로운 것만이 날 위로해 주지.”

무생의 삶에는 죽음이 없다. 그렇기에 그의 모든 것은 의미
를 잃었고 가슴속에는 공허함만이 가득했다. 정신을 놓고 싶
었지만 미칠 수 없었고 맑은 정신은 오히려 그에게 막대한 권
태를 가져다주었다.

십 년, 백 년, 그리고…….

무수한 변화 속에서 오직 무생만이 변하지 않았다. 이렇게 시간이 지난다면 무생은 분명 자신을 둘러싼 모든 것에 싫증을 느낄지도 몰랐다.

"옥황상제가 나에게 소원이 무엇이냐고 묻는다면 난 오직 죽음을 바랄 것이야. 안 된다 그러면 그 자리에서 패대기칠 것이네."

"하하하, 그거 볼만하겠군. 무생, 하고 싶은 것은 없는가?"

"하고자 한다면 이루어지겠지. 얼마만큼의 세월이 걸리더라도."

무생에게는 단지 누구나 이루고 싶은 것들마저 재미의 유무로 판단하고 있었다.

광노는 가라앉은 눈동자로 무생을 바라보았다.

"내 자네가 죽을 방법을 조금은 알 수 있을 것 같지만 말해주고 싶지는 않네."

"찾는 것은 내가 되어야겠지. 죽을 방법이든, 새롭게 다시 살 방법이든. 그것도 지루하지 않겠군."

"나는 말이야, 자네가 사람들의 시선을 피하며 무언가에 몰두해서 산 것이 하늘의 뜻일지 모른다는 생각을 해왔네. 내가 천기를 좀 읽을 줄 아는데 말이지……."

"천기? 전설에나 나오는 도술(道術)이라도 익힌 건가? 하하 실없는 소리 하기는."

"정확히 말하자면 무공이지. 어떤가? 흥미가 있다면 자네도 익혀봄이?"

무생은 고개를 저었다.

그런 뜬구름 잡는 것에 몰두하고 싶지는 않았기 때문이다. 무공이라는 것을 익히면 싸움질을 잘하게 된다는 풍문은 들었으나 무생은 딱히 그러고 싶은 마음이 없었다. 아니, 싸움을 잘할 필요가 없었다.

무생에게 있어서 천하제일 고수나 삼류삽배는 모두 동일 신상에 위치해 있었다. 굳이 그들의 계급을 나누는 것은 무의미했다.

싸움이 성립하는 것은 서로를 쓰러뜨릴 기회가 있을 때다. 그렇기 때문에 무생에게는 싸움이라는 것 자체가 성립되지 않았다.

그 누구도 무생을 죽일 수 없었기 때문이다. 스스로 목숨을 끊을 수조차 없었다.

지루한 인생을 끝내려 처음엔 절벽에서 뛰어내렸으나 바위만 박살 났을 뿐, 몸은 오히려 더욱 상쾌해졌다. 지압이라도 받은 느낌이었다.

깊은 호수 속에 들어가 익사를 노려보았지만 물이 육지처럼 느껴지고 수영 솜씨만 늘었다.

굶어 죽으려 했지만 결코 배가 고프지 않았다. 독초를 씹어 먹어도 씁쓸한 것이 입맛만 살 뿐이었다.

이렇게 무수한 세월이 지나자 위험에 대한 개념이 사라져 갔다. 그 때문인지 무생의 사고는 범인과는 달랐다. 긴장감,

위기감, 또는 위협감을 느낄 줄 몰랐다.

싸우는 것은 죽기를 바라는 무생에게는 하등 필요없는 짓이었다. 때문에 무생은 무공 같은 것에 아직까지 전혀 흥미가 없었다.

‘흥미가 없다는 것이 다행이로군.’

광노는 속으로 살짝 안도하며 웃는 낯으로 술잔을 기울였다. 한동안 이야기는 계속되었다.

술이 들어가자 무생의 표정이 풀리며 조금씩 말이 많아지기 시작했다. 무생의 푸념을 들어주는 광노의 표정은 진지하기 그지없었다. 무생은 연이어 술잔을 들이켜다가 고개를 탁자에 박고는 쓰러졌다.

“누가 들었다면 환골탈태 정도는 했겠군.”

무수한 세월을 살아온 무생의 경험담과 색다른 시각은 깨달음으로 통하는 그야말로 상승지로였다. 그런 심득조차 한 잔의 술과 함께 마실 수 있을 만큼, 무림인으로서의 광노의 경지는 추측하기 어려웠다.

내기를 돌려 술기운을 날려 버린 광노는 무생을 바라보며 살짝 웃었다.

“이 친구, 술도 잘 못하면서 무리했군. 자네는 죽지 못해 살지만 자네 덕분에 내가 살았네. 자네는 무한하기에 나에게 삶을 나누어준 것이겠지.”

광노는 무생을 들쳐 업고는 무생의 방으로 가 침상에 그를 눕혔다. 천천히 객잔 밖으로 걸어 나와 달을 바라보다가 입을 떼었다.

"무영, 보고하라."

바닥에서 갑자기 복면을 한 사내가 치솟더니 광노 앞에 부복했다. 그림자처럼 일렁이는 그의 모습은 암행의 절정에 닿았음을 보여주는 듯했다.

"객잔 옆에 기거하는 수라옥녀가 반로환동하여 마을 구성 조정을 다시 해야 할 것 같습니다."

"그 할망구가 말년에 득도했군. 은퇴했으면 동굴에나 처박혀 있을 것이지, 왜 여기까지 기어와서 지랄이야 지랄이. 아무튼 무생이 신경 쓰지 않도록 처리해라."

"존명!"

무영의 모습이 흩어지더니 그대로 사라졌다. 이형환위(移形換位)를 넘어선 가공할 만한 신법이었다. 안타까운 점은 그 모습을 보고 감탄해 줄 존재는 이곳에 그 누구도 없다는 것이었다.

"그나저나 화산파 애송이 녀석이 신고식 하나 제대로 치르었군. 매화에 취한 늙은이들이 깝죽대며 가르친 꼴이 불 보듯 뻔해. 그래도 큰 것을 얻어가려는 모양이야. 현경이라, 좋을 때지. 암, 그렇고말고."

광노는 뒷짐을 지며 등을 돌렸다.

"화산은 차례는 끝났고, 다음은 소림이로군. 이번에 은퇴한 애송이의 법명이 불현(佛玄)이라고 했던가? 이거 회의를 해서 조정을 하든지 해야지, 삭신이 쑤셔서 원……."

광노.

그의 정체도 결코 평범하지 않았다. 과거 그의 진정한 이름을 듣게 된다면 놀라지 않을 사람은 결코 존재하지 않을 것이다. 물론, 무생은 제외고 말이다.

第二章
무생, 그냥 살다

무생은 잠을 많이 자는 편이다. 보통 정오를 넘어 일어나 해가 기울 때쯤에 정신을 차린다. 그럼에도 불구하고 해가 지면 술기운을 빌려서라도 늦게 자는 법이 없었다.

무생의 일과는 무척이나 단조로웠다. 간단히 씻고 쌓아놓은 서책들을 읽거나 요즘 독학하고 있는 대장장이 일에 몰두했다.

그는 모든 것을 독학으로 했는데 그러는 편이 시간이 더욱 걸리며 진보가 늦고 결론적으로는 더 오랜 시간을 쏟아부어야 하기 때뮤이었다.

그가 무언가를 그만두는 것은 더 이상 일말의 발전도 찾아보기 힘들 때뿐이었다.

그가 제일 좋아하는 것은 오랫동안 풀지 못하는 문제 따위였다.

때문에 그는 늘 극한을 추구했다. 그 행위에는 어떠한 욕망과 탐욕 따위는 없었다. 그의 삶 자체가 그러했다. 배움의 진보는 무수한 세월 앞에서 한계를 맞이할 뿐이었다.

아무도 그가 얼마나 오랫동안 살아왔는지 알지 못했다. 무생조차 세는 것을 잊어버렸을 정도로 긴 세월이었다. 그는 세월 자체를 잊었다.

어떤 일의 한계에 다다르면 모든 것이 허망하기만 했다.

"한 십 년 정도 지나면 그럭저럭 괜찮겠군. 백 년, 그 이상의 가치는 있어."

요즘 무생은 마을 사람들을 위해 만년한철을 통째로 녹여 농기구를 만들고 있었다. 득도촌에 얼마 없는 마을 사람들은 무생이 유일하게 시선을 신경 쓰지 않고 대하는 이들이었다.

자신이 늙지 않는 모습을 이해해 주고 경멸하지 않는 아주 독특한 사람들이었다. 어딘가 나사가 빠져 있는 모습이 정신병에 걸린 환자들을 보는 것 같기도 했다. 하지만 마음은 따듯한 이들이니 무생도 그들을 편견 없이 대했다.

'광노의 지인들이니 그런가?'

오래전 무생은 사람들 사이에 섞여 살았던 때도 있었다. 흉년이 들어 기아가 닥치고, 전염병이 돌아 이 마을 저 마을 모두 쑥대밭이 되던 시절이었다.

그때는 나라의 개념이 모호해졌고 힘 있는 자들이 부흥했으며 자신과 같은 약자들은 비극적인 종말을 맞이했다.

당시 무생은 스스로 농사를 짓기를 결심하여 꽤나 오랫동안 농사를 지었던 적도 있었다. 삼사십 년 정도 제법 몰두했던 기억이 있었다.

그때 배운 것이 있다면 모든 것은 순환하고 일정하며 크게 봤을 때 아무것도 변하지 않는다는 허무한 생각뿐이었다.

"후우……."

아무튼 무생은 망치를 두드리며 낫을 만들기 시작했다. 망치를 휘두름은 미세한 힘의 차이도 없이 일정했고 일련의 과정 모두 틈이라고는 찾아볼 수 없을 정도로 치밀했다. 이글거리는 용광로와 번쩍이는 망치가 마치 한 몸이라도 된 듯한 기세였다.

치지지직!

무생은 완성된 낫의 날을 잠시 거치대에 올려놓았다. 낫의 손잡이라고는 믿기지 않을 만큼 아름다운 나무 손잡이를 손에 쥘 때였다.

서경!

거치대가 깔끔하게 잘려 나가며 낫이 바닥에 떨어졌다. 돌로 된 바닥에 깊게 박혀 버린 낫을 눈을 깜빡이며 바라보던 무생은 한숨을 내쉬며 고개를 저었다.

"쓸모없군. 너무 날카로워."

낫으로 철이나 돌 따위를 두부 자르듯이 잘라 버린다면 그것만큼 쓸모없는 것이 있을까? 선물로 주려고 한 것이 자칫 몸이 약한 마을 노인네들의 사지를 잘라 버릴 수도 있었다.

잠시나마 지루함을 잊은 무생은 진정한 검을 만들고 싶었다. 원하는 것을 베고, 원하지 않는 것을 베지 않는 검이야말로 무생이 만들고 싶은 것이었다.

그것은 전설 속에서조차 나오지 않는 무구였다.

'아직 멀었군. 좀 더 발전할 수 있겠어. 그 점이 마음에 드는군.'

무생은 그런 생각을 하며 바닥에 꽂힌 낫을 힘겹게 빼고는 다시 작업대 위에 올려놓았다. 흠뻑 묻은 땀을 마른 수건으로 닦아내고 밖으로 나오자 여기저기 한가롭게 거닐고 있는 촌락 주민들이 보였다.

"오, 무생, 오늘은 일찍 나오는군. 자네가 이리 성실해지니 내 아주 기쁘구만."

아주 느릿하게 체조하고 있던 노인이 무생을 나타나자 하던 일을 멈추고 손을 흔들었다.

신기하게도 나뭇잎을 날리는 바람이 태극 모양을 그리며 사라졌지만 무생은 전혀 관심이 없었다.

가만히 앉아 있거나 바둑 따위를 두며 시간을 때우기도 하는 노인들이었지만 가끔씩 저런 체조를 하곤 했다. 오행이 어쩌고 하는 소리를 들은 것도 같았지만 무생은 역시 딱히 그것에 대해 생각해 본 적이 없었다.

본디 저런 행위는 수명 연장을 위해서 하는 것이 대부분인데 무생이 추구하는 바와 반대가 되기 때문이었다.

‘몸이 쑤시나 보군.’

저들이 왕년에 칼을 좀 만져본 늙은이들이라는 것은 대충 짐작은 했지만 그래도 무생의 눈에는 여전히 몸이 약한 늙은이들로 보일 뿐이었다.

“오늘도 역시 칼춤인가? 그러다 감기라도 걸리면 어쩌려고.”

바닥에 아무렇게나 꽂혀 있는 붉은빛이 도는 검이 보이자 무생이 그렇게 말했다. 가끔 노인들이 바닥에 태극을 그려놓고 제법 볼만한 칼춤을 추곤 했던 기억이 난 무생이었다.

특히 칼춤에 열성인 이 노인을 무생은 검노라 불렀다. 무생은 검노가 밖에서 제법 재주꾼 노릇을 했을 거란 생각이 들었다.

‘먹고살기가 힘들거나 해결 못할 고민이 있어 득도촌에 온 것이겠지. 세상살이가 다 그렇지 않은가.’

득도촌은 원래 버려진 이름없는 촌락이었다. 무생이 정착을 마음먹을 때 광노와 만나게 되었고 그 후에 여러 노인이 차례차례 찾아와 정착하게 된 것이다. 모두 다 갈 곳 없는 노인들이라 생각해서 집을 지어주고 하다 보니 자연스럽게 지금의 득도촌이 만들어지게 되었다.

득도촌이란 이름도 구십 년 전에 노인들이 이름 붙인 것이었다.

무생은 할 수 있는 모든 일에 몰두하며 세상과 단절되어 산 지도 제법 오래되었다. 하지만 가진 것이 없는 자에게는 세상살이가 늘 힘들다는 것쯤은 알고 있었다.

무생이 경험한 과거는 그야말로 지옥 같은 전란의 시대였고 그 속에서는 어떠한 도덕과 질서도 존재하지 않았다.

당시 무생은 무지했고 무능했으며 약했다. 지금은 자신의 약함을 신경 쓰지 않아도 될 만큼 죽고 싶을 뿐이었다. 무생은 딱히 이루고 싶은 욕망이나 야망을 가지고 있지 않았다. 원하고자 한다면 언젠가는 모든 것을 얻을 수 있고 손에 쥔 모든 것은 결국 사라지게 마련이니 모든 것이 허무하게만 느껴질 뿐이었다. 과거에 겪은 세상은 고통뿐이었고 지금 무생이 바라보는 세상은 허무함으로 가득 차 있었다.

어렴풋이 과거의 희미했던 고통을 떠올린 무생은 검노의 처지가 남 같지 않고 안쓰러웠다. 그래도 묘시(卯時)에 일어나 하늘을 향해 비도 따위를 날리는 치매에 걸린 할망구보다는 나은 축이었다. 아니, 산에 나는 독버섯이나 독충들을 집어먹고 독을 흡수하려 한다고 미친 소리를 하는 노망난 노인네보다는 백배 양호했다.

아무튼 노인들의 몸보신과 음식 재료를 구하기 위해 무생은 매번 정기적으로 사냥을 나갔다. 무생이 얼마 전 거대한 뱀의 껍질을 벗겨 시위를 걸은 활과 만년한철을 깎아 만든 화살을 챙기자 검노는 부드럽게 웃으며 자신의 수염을 쓰다듬었다.

"나가는 겐가?"

"구할 것도 좀 있고 해서 말이지."

무생은 도끼를 챙기는 것도 잊지 않았다. 손님이 잘 없는 객잔이다 보니 장작 따위가 필요한 것은 아니었고, 여러 가지를 만들 목재를 얻기 위함이었다. 때문에 실패작 중 가장 최악인 도끼를 들고 득도촌에서 나왔다.

신기하게도 푸른빛이 흐르는 도끼는 무생의 마음을 무겁게 만들어주었다.

'차갑군.'

곡괭이로 만년빙벽(万年氷壁)이라 불리는 절벽을 피디가 나온 극음빙옥(極陰氷玉)의 기운을 만년한철과 섞어 만든 도끼였다.

빙옥이 용광로를 몇 번이고 박살 낸 덕분에 오 년 정도 고생하여 다시 만든 기억이 있는 무생이었다. 하지만 제작 도중 기이하게도 무아지경에 빠지는 바람에 좋지 않은 결과물이 나오고 말았다.

워낙 고생한 탓에 버리지도 못하고 그렇다고 본격적으로 사용할 수도 없는 애물단지 느낌이었다.

'독노가 도끼를 빌려갔으니 이거라도 쓰는 수밖에.'

하늘을 향해 비도를 날리던 할망구, 옥노(玉老)나 검노(劍老)가 과도나 부엌칼을 빌려가곤 했다. 손이 미끄러졌는지 만년한철 덩어리에 박히는 모습을 보고 경악하던 모습이 떠올라 언젠가 제대로 만드리라 생각한 무생이었다.

'그래도 이런 점은 괜찮군. 참고해야겠어.'

무생이 생각한 도끼의 장점이라면 오늘처럼 더운 날에 몸을 시원하게 만들어주는 점이었다. 그런 점을 참고하여 극양염옥

(極陽炎玉) 같은 걸로 불쏘시개를 만드는 것도 나쁘지 않다고
생각했다.

"동쪽으로 가지는 말게나. 불청객이 올 듯하니. 이번 인연
은 피하는 것이 좋을 걸세."

"광노에게 배웠나? 시답지 않은 소리 하지 말고 들어가서
찜질이나 해. 송장치레하기 싫다."

"허험, 그 빛나는 대갈빡보다 잘난 이 고명한 검노가 그놈에
게 무얼 배우겠나? 다 자네 위해서 하는 소리일세. 아무튼 명
심하게나!"

"쯧쯧, 적당히 미치시게, 검노."

무생은 혀를 차며 고개를 흔들고는 무언가 더 챙길 것도 없
이 득도촌 밖으로 나왔다. 그러고 보면 근 백 년은 제법 시간
이 잘 지나갔다. 무생은 문득 미친 노인들 덕분에 득도촌 생활
이 그렇게 지루하지 않았다고 생각했다.

'이제 더워지겠군.'

벌레들 때문에 귀찮기는 하지만 겨울보다는 확실히 사냥에
유리했다.

무생은 자신이 사냥을 잘하진 못하더라도 적어도 산에서 굶
지 않을 정도는 된다고 생각했다. 처음에는 화살을 제대로 만
들 재주가 없었기에 나뭇가지나 돌 따위를 이용하곤 했다.

그렇게 수십 년을 지내다 보니 제대로 된 화살보다 오히려
나뭇가지를 걸어 날리는 쪽이 더 편한 무생이었다. 특히 이런
우거진 숲에서는 바람을 읽어 나뭇가지를 쏘아 보내는 편이

더욱 손에 맞았다.

화살을 제대로 써본 것은 최근이라 부를 수 있는 십 년 정도 전이었다. 스스로 대장간 일을 독학하여 최근에 와서야 화살처럼 생긴 것을 만들어 쓰고 있는 것이다.

'역시 제대로 된 사냥꾼은 화살로 잘 맞춰야 하겠지.'

화살을 시위에 걸어 날리면 의도치 않은 결과가 나타나기도 하니 활 실력이 평범하다고 생각하는 무생으로서는 제법 아쉬운 부분이었다.

하지만 그리 큰 고민은 하지 않았다. 어차피 시간은 많으니 그런 점은 차차 고쳐 나가면 된다고 여겼다.

영생산의 짐승들은 영악해서 자신의 흔적들을 남기지 않는다. 온갖 독충들이 바닥에 들끓으니 배설물 따위 역시 찾아보기 힘들었다. 때문에 무생은 수십 년간 바람을 타고 온 미세한 냄새를 감지해 머릿속에 사냥감의 위치를 그려 넣고 예지에 가까운 감각에 의존해 사냥하고 있었다.

'하루에 한두 마리 정도가 한계니 사냥꾼이 직업이었다면 먹고살기는 글렀겠어.'

딱히 무언가를 섭취하지 않아도 배만 고프다뿐이지, 그 이상의 변화는 없었다. 때문에 산속이나 동굴에 처박혀서 백 년 정도는 아무렇지 않게 지냈는지도 모른다.

보통이라면 폐인이 되게 마련이다. 하지만 샘솟는 총기는 그를 정신 나간 폐인이 되는 것을 허락하지 않았다.

'없군.'

짐승들이 어디론가 몰려간 흔적이 있었다. 무생은 빠르게 이동하며 사냥감들을 쫓았다. 무생은 잠시 눈을 감았다가 다시 떴다. 그의 시선은 동쪽을 바라보고 있었다. 문득 검노가 한 말이 생각났지만 무생은 피식 웃으며 고개를 설레 저었다.

'노망난 노인네의 말 따위를 신경 쓰다니 나도 많이 늙었나 보군. 하긴, 내 백골이 가루가 되어도 모자랄 나이긴 하지.'

어차피 이 근방의 나무는 상당히 질기고 수분이 많아 득도 촌 동쪽의 나무를 주로 베어 사용한 무생이었다. 어차피 가야 하는 것이었기에 무생은 검노의 말을 깨끗이 무시하며 동쪽으로 향했다.

'좋군.'

간만에 품어보는 좋은 느낌이었다. 숲을 향해 흐르는 바람이 기이하게도 포근했다. 어떤 향기가 풍겨왔기 때문일지도 모른다. 코를 마비시킬 정도로 진한 향기였고 무생으로서는 처음 느껴보는 향기였다.

'이쯤이 괜찮겠어.'

바람도 적당히 불어 냄새를 맡는 것에 용이하고 나무들의 상태 역시 나쁘지 않았다. 무생은 눈앞의 거대한 나무를 바라보았다. 양팔을 벌려도 그 반조차 감싸 안을 수 없을 정도로 거대한 나무였다. 검은색에 가까운 색이었고 표면이 마치 검처럼 매끄러웠다.

광노가 빌어먹을 철심목이라고 투덜거렸던 것이 생각난 무생이었다. 무생은 본격적으로 그 나무의 쓸 만한 부분을 찾기 위해 도끼를 들었다.

*   *   *

몇 날 며칠을 도망쳤는지 기억조차 나지 않는다.

기울어져 가는 가문이 어떻더라도 후에는 반드시 부흥할 거라 남궁서연은 믿어왔다. 몰라 중인 가문의 모든 것을 이쳐 유룡사봉의 말석에 간신히 이름을 올리고도 남궁세가를 얼굴만으로 먹여 살리려 한다는 오명까지 이를 악물고 참아온 그녀였다.

하지만 그 모든 결의와 감내가 모두 허망하게 되어버렸다.

'정녕 허망하게 이렇게 무너져 내린단 말인가.'

절대 들어가서는 안 되는 영생산에 닿았지만 추격자들은 포기할 줄 몰랐다. 그녀는 영생산에 들어오고 나서야 왜 이곳이 금기라 불리는지 알 수 있었다.

공기는 탁하다 못해 숨을 쉴 수 없을 정도로 독기가 넘쳤고 곤충과 풀들은 하나같이 치명적인 독을 품고 있었다.

금기의 영역에 들어온 그녀는 어째서 이곳이 들어가선 안 되는 지옥인지 톡톡히 경험하고 있는 중이었다.

남궁소연의 시야가 흐릿해졌다. 사방에 가득한 독초들에게서 뿜어져 나온 독기가 드디어 그녀의 내공을 갉아먹으며 몸에 침투한 탓이었다.

'그건 저들도 마찬가지일 거야!'

자신을 추살하려 하는 정체불명의 고수 집단도 독기의 영향을 받을 것이 틀림없었다. 만독불침이 아닌 이상 내공을 함부로 움직였다가는 금세 중독될 것이다.

'도망쳐야 해! 그곳이 지옥일지라도……'

한 계절이 바뀔 때까지 이어진 추격이었다.

추격자들은 고수였다. 하나같이 일류 이상의 고수였고 절정에 이른 자들도 섞여 있을 터였다. 그녀의 얼굴빛이 어두워졌다.

실력에 자만한 과거의 자신이 죽이고 싶을 만큼 미웠다. 제왕검법을 모두 전수받았지만 대성은커녕 막 초입에 들어선 터라 간신히 절정의 문턱을 밟은 그녀였다.

'여기서 죽을 수는, 여기서 죽을 수는 없어!'

자결을 생각하기도 했다. 가족을 잃었고 친우들에게 배신당했으며 의지할 곳은 전혀 없었다. 철저히 버림받은 처지였다. 그녀는 모든 것을 버리고 도망치면서 결심했다.

꼭 살아서 무너진 세가를 일으켜 세우고 복수하겠다고 말이다. 그것을 위해서라면 어떤 치욕과 고통도 감내할 수 있었다.

쉬이익!

뒤에서 날아온 비도가 그녀의 어깨를 아슬아슬하게 스치고 지나갔다. 그녀는 검을 치켜들며 자신에게 쏘아지는 수십의 비도를 쳐내기 시작했다.

'혈랑비도술!'

비도에 서린 붉은 기운은 마치 아가리를 벌리며 달려드는

늑대를 보는 듯했다. 손이 저릿했다.

간신히 끌어 올린 내공이 흩어지는 순간 검이 부서져 내리며 그녀의 몸이 크게 뒤로 튕겨져 나갔다.

"흐읍!"

간신히 독초 더미에 넘어지는 것을 면했지만 무리한 내공 운용 탓에 혈맥을 타고 단전에까지 독기가 스며들었다.

쉬이익! 팅!

그녀는 엉겹결에 옆에 있던 나뭇가지를 들어 비도를 쳐내었다. 신검합일조차 제대로 이루지 못한 그녀가 나뭇가지로 절정에 이른 비도술을 막아낼 수 있을 리 없었다.

이것은 최후의 발악과도 같았다.

간단히 나뭇가지가 잘려 나가며 그대로 절명하리라고 생각했던 것과는 달리 나뭇가지는 멀쩡했다. 손뼈가 나가고 심맥이 뒤틀려 피를 몇 움큼이나 토해냈지만 목숨을 건질 수 있었다.

'이, 이건 철심목?'

그녀의 손에 들린 것은 철심목이었다.

그녀는 간신히 몸을 지탱한 채로 나뭇가지들이 흩어져 있는 곳을 바라보았다.

그곳에는 허름한 차림의 사내가 있었다. 키는 상당히 컸고, 근육이 잘 발달해서인지 등이 굉장히 넓게 느껴졌다.

잘려 나가 흩어져 있는 철심목들이 아니었다면 기척 자체를 느낄 수 있을지 의문이 들 정도로 그 어떠한 존재감도 없었다.

"철심목인가? 운이 좋군. 하지만 그것도 여기까지다. 그만 포기해라, 남궁소연. 검성의 비급을 회수해 가겠다."

검성!

과거에는 천하삼절 중 한 자리를 차지하고 있었지만 내상을 입고 자리에서 물러난 자였다. 비록 내공의 대부분을 잃고 노검문인(老劍文人)이라 불리는 치욕을 당하기는 했지만 그의 검은 여전히 천하를 논할 만했다.

아니, 오히려 검형(劍形) 자체는 더욱 뛰어나졌다는 것이 정론이었다. 남궁소연은 저들이 자신을 그토록 뒤쫓은 까닭은 살인멸구하려는 것도 있었지만 남궁세가의 정수가 담긴 검성의 비급이 주된 이유라 생각했다.

제왕검법은 물론이고 남궁세가의 모든 무리를 집대성하여 정리했기에 이미 그 가치는 일국의 보배와도 같았기 때문이다.

치릉!

살수들이 모습을 드러내며 검을 뽑아 들었다. 남궁소연은 그토록 자신을 끈질기게 추격했던 저들의 모습이 눈에 도저히 들어오지 않았다. 아니, 잊고 있다고 하는 편이 옳을 것이다.

사내가 천천히 기이한 청색의 도끼를 드는 순간 호흡하는 것마저 잊어버렸다.

"포기한 건가?"

모습을 드러낸 추격자가 짐승의 울음소리 같은 목소리로 말했다.

절정에 이른 그의 내공은 독기를 막고도 제법 운신할 수 있을 정도로 농후했다. 그의 기도는 암살자에는 어울리지 않게 무척이나 거칠었다.

적수살객(赤手殺客) 추영(追影).

백 번이 넘는 암행을 했다고 알려진 특급 살수였다. 목표의 마지막 순간에만 모습을 드러내고, 붉은 손으로 상대의 숨통을 끊는다고 하는 질징 고수! 세간에서는 화경에 닿았다고 알려져 있지만 실제로 그 정도 경지에는 미치지 못했다.

하지만 육룡사봉(六龍四鳳)에 속하는 남궁소연이라 해도 화경에 근접한 추영을 당해낼 재간이 없을 것이다. 오히려 지금까지 버틴 것만으로도 대단하다고 말할 수 있었다.

'음?'

추영은 남궁소연의 넋이 나간 모습이 의아했다. 자신을 섬뜩하게 할 정도로 눈에 독기를 품었던 여인이었다. 최소한 남궁소연이 동귀어진을 시전할 것이라 생각했었다. 추영은 남궁소연의 멍한 눈을 따라 시선을 옮겼다. 그곳에는 등을 돌리고 있는 사내가 있었다.

사내는 거대한 산이었다. 그 등은 태산을 닮았고 그 기세는 장강을 가를 것 같았다. 누가 온다고 하더라도 그 기세에 압도되어 숨조차 제대로 쉬지 못할 것이다.

그 사내를 중심으로 모든 만물이 멈춘 것 같았다.

추영은 정신적 충격에 비틀거리다가 들었던 검을 허무하게 바닥에 떨어뜨려 버렸다.

“커억!”

결국 피를 토하며 바닥에 주저앉았다. 그것은 사내가 도끼를 천천히 들었을 때였다. 그것은 도끼를 들어 올리는 것이 아니라 마치 거대한 산을 들어 올리는 듯했다. 그것은 경악을 아득히 넘어 숭고하게까지 느껴졌다.

갑작스럽게 온몸을 엄습해 오는 한기가 추영의 사고를 멎게 만들었다.

느낄 수 있는 것은 오직 한기와 예기뿐.

부드럽게 올라간 도끼가 움직이는 순간 그의 정신은 날아가 버렸다. 안구가 튀어나올 것같이 크게 떠졌다.

눈에는 도저히 담을 수 없는 기이한 움직임이었다. 무언가 번쩍한 것도 같았고, 시야가 한 점으로 빨려들어 가는 것 같았다. 눌러놓은 독기가 터져 나온 추영과는 다르게 남궁소연의 안색은 점차 좋아졌다.

‘이해할 수 없지만 무언가 닿을 듯해. 몸이 뜨거워.’

정신을 부수는 충격과 두려움이 남궁소연의 전신 기혈을 들끓게 했다. 과거에 섭취했던 영약의 기운들이 봉기하듯 일어나 혈맥을 부수듯이 질주했다.

보통이라면 주화입마에 해당하여 혈맥이 끊어지고 폐인이 되었을 것이다.

하지만 천운이 따랐을까.

몸속에 남아 흐르던 영약의 기운들이 이에 반응하여 움직인 것이다.

그 결과 독과 상쇄해 편안한 상태가 되어갔다. 단지 이를 취한다면 더 높은 단계로 올라서겠지만, 그럴 여력이 남궁소연에겐 없었다.

"아……!"

그녀는 사내의 움직임이 아름다운 점(点)이라고 느꼈다. 하얀 도화지 위에 그려진 단 하나의 점. 그 점은 점차 그 무엇이로도 표현할 수 있는 예술이 되리라.

울컥!

남궁소연은 죽은피를 한 움큼 토해냈다.

그 미려하게 찍은 점이 일직선으로 그어지자 그녀의 안색을 다시금 파랗게 만들어 버렸다. 충격, 경악, 두려움을 느낄 찰나도 없이 감정마저 압도당해 버렸다. 단 한 움직임이 점에서 선이 되고 그것이 공간이 되었다.

끼이이익!

한 발짝 늦게 나타난 것은 고막을 찢어버리는 듯한 소음이었다. 강철보다 단단한 철심목이 단 한 수에 베어진 후 나타난 소리였다.

"컥!"

"커억!"

살수들이 주위에 있던 철심목에서 우수수 떨어져 내렸다. 모습을 감추고 있던 스물이 넘는 살수가 독초의 늪에 떨어져 내공을 운용할 틈도 없이 녹아버렸고, 절정 이상의 다섯 고수는 간신히 내상을 억누르며 버티어 서고 있었다.

사내와 비교적 가까이 있던 남궁소연은 피부를 찌르는 한기가 느껴지자 들끓던 내기와 독기들이 잠잠해짐을 느꼈다.

'그, 그야말로 신물이다!'

도끼에서 뿜어져 나오는 한기는 북해빙궁의 정수를 보는 듯이 순수했다. 천외의 신물이라 칭해도 손색이 없을 정도였다.

철심목이 기울어 바닥에 쓰러지자 한기가 사방으로 퍼지며 독기들을 모조리 날려 버렸다. 사내는 아무렇지도 않게 인세에 다시는 없을 것 같은 신물을 바닥에 내던졌다.

"쓸모없군."

사내가 처음으로 내뱉은 말은 남궁소연이나 살아남은 살수들에게는 너무나도 충격적인 말이었다.

'저자가 만족할 만한 것은 도대체 무엇이란 말인가!'

무감각한 그 말이 여기 있는 모든 자의 마음을 공포로 물들였다. 사내가 천천히 고개를 돌려 굳어 있는 추영과 살수들, 그리고 남궁소연을 바라보았다. 그 눈빛은 무심하기 그지없었다.

추영은 겨우 덜덜 덜리는 몸을 진정시키고 입을 떼었다.

"어, 어느 고인이십니까?"

"피하시오."

사내는 어깨에 메었던 활을 들더니 화살을 걸어 넣었다. 순식간에 시위가 당겨진다.

이미 독기에 굳어진 추영의 몸은 움직일 생각을 하지 않았다. 다른 살수들 역시 마찬가지였다. 남궁소연만이 사내의 모습을 넋을 놓으며 바라볼 뿐이었다.

사내의 눈이 찡그려짐과 동시에 화살이 시위를 떠났다.

'무슨?!'

화살에 눈이라도 달려 있단 말인가? 묵직해 보이는 화살이 바람을 타고 상상할 수 없는 기괴한 궤도를 그리며 추영의 겨드랑이 틈 사이를 빠져나갔다.

파아아앙!

화살이 추영 뒤의 거대한 나무를 통째로 갈아버리며 바위를 관통했다. 바위가 두부라도 된 듯, 바위 안으로 들어갔다라고 표현하는 편이 옳을 것이다.

철심목과 바위를 가르며 뻗어나간 화살은 누구도 감지하지 못했던 목표물에 적중했다.

털썩!

호시탐탐 살수들과 남궁소연을 노리던 집채만 한 육중한 육체가 모습을 드러냈다.

미간이 뚫린 채 비틀거리며 나타난 것은 영생산의 맹호였다.

두개골에 반쯤 화살이 박혀 있었는데 간신히 걸어 나오다가 추영과 얼마 거리를 두고서 그대로 쓰러져 버렸다.

'이럴 수가!'

식은땀이 주르륵 흘러내렸다. 이런 공부는 그 어디에서도 본 적이 없었기 때문이다. 세상에 어느 누가 철심목과 바위를 뚫고서 호랑이를 잡을 수 있단 말인가!

게다가 화살 역시 평범하지 않았다.

'마, 만년한철?'

화살촉만 만년한철이 아니었다. 화살 자체가 통째로 만년한
철로 보였다. 누가 저런 식으로 화살을 만들 수 있단 말인가!

그제야 추영은 저 화살을 막는다는 자체가 무모한 짓임을
깨달았다. 명검 축에 속하는 검일지라도 저런 예기를 뿜어내
는 만년한철의 화살을 감당해 낼 수 없을 것이다.

'마, 말도 안 돼!'

남궁소연 역시 철심목과 바위에 생긴 조그마한 구멍을 멍하
니 바라보다가 호랑이가 나온 대목에서는 반쯤 정신을 놓았
다.

철심목을 저리도 간단하게 두부처럼 통과할 수 있는 화살,
그리고 더욱 무서운 것은 저 사내의 신기에 가까운 활 솜씨였
다. 화살이 휘어져 나간다는 것은 전설이라 불리는 이기어검
과 닮았다고 해도 무방할 것이다.

'퇴각해야 한다!'

추영은 살아남은 살수들에게 눈짓했다. 굳이 저 정도의 고
수가 은거를 깨고 모습을 보여주었다는 것은 남궁소연을 구하
기 위함이라는 결론이 내려졌다.

이곳에서 몰살당할 수도 있다. 단 한 수에 절반 이상의 부하
들이 사라진 것이 현실이었다.

'영생산!'

추영은 처음으로 두려움을 느꼈다. 금기의 성소라고도 불리

는 이곳은 지옥과 같은 환경뿐만 아니라 그 안에 숨겨진 무언가가 분명 있었다.

인외의 경지를 다투는 고수들조차 꺼리는 무언가.

'들어오지 말았어야 했어. 지금이라도 늦지 않았다!'

저 사내가 별다른 기색을 보이지 않는 지금 바로 몸을 피해야만 했다. 추영이 망설일 것도 없이 몸을 날리자 순식간에 살수들 역시 모습을 감추었다.

*　　　*　　　*

"쓸모없군. 재미조차 없어."

무생은 잠시 자신의 손에 들린 도끼를 바라보다가 그대로 바닥에 던졌다. 자신의 도끼질은 제법 완벽에 가까웠다고 생각했다. 도끼를 잡은 순간부터 아무것도 생각나지 않을 정도로 집중해 나무를 베어버린 것이다.

무생이 쓸모없다고 생각한 점은 잘려 나간 나무의 단면 때문이었다. 극심한 한기로 인해 얼어붙어 나무의 재질 자체가 파괴되었다.

덕분에 나무는 베어지는 순간 한기로 인해 팽창을 이기지 못하고 터져 버렸다.

이 정도 되면 저 도끼는 쓸모없는 수준을 넘어 민폐라고 생각한 무생이었다.

무생은 도끼질이 끝나자 그제야 느껴지는 주변의 기척에 잠시 당황했다. 자신의 코를 마비시킬 정도로 강렬한 향기가 눈앞에 주저앉아 있는 여인에게 났다.

찢어진 옷과 파리한 안색, 그리고 찢어진 옷 사이로 보이는 상처는 곤경에 처한 것이 분명해 보였다. 몰골이 거지꼴 같음에도 굉장히 아름다운 여인이었다.

무생은 고개를 돌려 날붙이를 들고 있는 자들을 바라보았다.

'산적인가?'

근래에 들어서 영생산에 들어오는 사람이라고는 검노가 데려온 손님들밖에 없었다. 사람도 없고 별다른 특산물도 없는 영생산은 분명 지독하리만큼 인기가 없는 산일 것이다.

이런 곳에 산적이 있다는 것은 무생이 신선하게 느껴질 만큼 거대한 변화였다.

산적이 있다는 말은 오가는 사람들이 있다는 말이었고 그렇다면 자신의 객잔에 올 수 있다는 말이 된다.

딱히 돈 욕심이 없는 무생이었지만 그래도 쓸모없는 재주로 만든 객잔이니 악평을 듣더라도 손님을 끌어보고 싶기는 했다.

'특이하군. 요즘 산적은 저런가? 아무렴 어떠한가.'

무생은 세월에 따라 사람들의 옷차림이 변화하는 것쯤은 알고 있었다. 산적하면 곰 가죽 따위를 뒤집어쓴 사내들 정도로 생각했었지만 요즘 산적은 제법 그럴 듯한 검은 무복을 입고 있는 모양이었다.

사람과 교류를 끊은 지 백오십 년이 넘어갔다. 헐벗고 다니던 사람들의 모습이 눈에 훤하기만 했다. 광노를 통해 바깥의 소식을 종종 듣곤 했지만 무생은 여태까지 그 어떤 것에서도 관심을 보이지 않았다. 게다가 무엇이 그리 걱정됐는지 오히려 광노가 그의 시야를 더욱 가려 버렸다.

그가 관심 있는 것은 오로지 자신의 죽음과 지독한 지루함을 잊을 수 있는 일거리였다.

'쫓기는 모양이군. 흥미로워.'

무생은 제법 신선함을 느꼈다. 방금 전 지루함을 잊게 해줄 정도로 말이다. 연약한 여인을 위협이라도 하는 모양이었는데 무생의 눈에는 상당히 어설퍼 보였다.

농기구를 든 자들이 먹고살기 힘들어 산적질을 하는 것이 무생이 본 현실이었다.

무생은 여인보다는 산적들의 검에 주목했다.

'평범한 예기… 과연…….'

저토록 정상적인 검을 만들 수 있는 대장장이라면 분명 수준급의 실력을 지녔을 것이라 생각한 무생이었다.

검의 근본은 잘 베는 데 있지만 사용자의 수준에 맞아야 된다고 늘 생각해 왔다. 평범한 산적들에게는 딱 어울리는 검이었다. 농기구를 만드는 데 좋은 참고가 될 수 있을 것 같았다.

'사람의 수준에 맞는 것, 그걸 잊고 있었어.'

여인의 향기에 익숙해지자 무생은 드디어 사냥감의 냄새를 맡을 수 있었다. 자신이 서 있는 곳과 얼마 떨어지지 않은 지점, 시야를 가리고 있는 나무와 바위 뒤였다.

'산적이기는 하나 간만에 좋은 느낌을 준 자들이지 않는가. 호랑이 밥이 되게 할 수는 없지.'

사냥 실력을 제법 연마한 것이 다행이라 생각한 무생이었다.

"피하시오."

무생은 늘 그랬던 것처럼 활을 잡으며 시위를 걸었다. 근래 들어 활을 잡고 집중하게 되면 가끔 의식이 무아지경에 빠지고는 했다. 무생은 과도하게 집중한 탓이라 여겼다.

티잉!

활이 화살을 떠나는 순간 나무와 바위를 가르며 목표물에 적중했다. 무생은 비틀거리며 모습을 드러낸 호랑이를 바라보며 간만에 웃을 수 있었다.

'약재로도 좋겠군. 독노가 좋아하겠어.'

가죽으로 옷을 만들고 뼈나 피들은 약재로 쓴다. 고기는 식재료로 쓰면 되니 버릴 것 하나 없는 훌륭한 사냥감이었다. 다른 사냥꾼들처럼 바람을 가르며 목표물을 맞추지는 못하지만 그래도 이 정도는 할 수 있어 무생은 간만에 기분이 좋았다.

"음?"

무생이 산적들에게 훈계라도 몇 마디 하려는 순간 산적들이 모습을 감추었다. 길이라도 잃으면 위험하겠다는 생각을 했지만 산에 사는 산적이니 자신보다 나을 거란 생각에 신경을 거두었다. 게다가 이런 평범한 산에서 들짐승들만 주위하면 위험할 것도 없으니 안심해도 될 터였다.

무생은 시선을 돌려 여인과 눈을 맞추었다. 여인은 넋이 나간 표정으로 무생을 바라보다가 입을 달싹였다. 그러다가 정신을 잃고 바닥에 쓰러지는 것을 무생이 잡아주었다.

"간만에 젊은 손님이로군. 지루하진 않겠어."

늙은이나 찾아오는 구닥다리 객잔이 조금은 신선해질 거란 생각이 든 무생이었다.

사람의 목숨을 구하는 것도 그의 기분에 달려 있었다.

*　　　*　　　*

"제길, 무슨 놈의 숲이……!"

추영은 달라붙는 독기들을 간신히 뿌리쳤다. 내공이 바닥나 경공조차 제대로 할 수 없는 지경에 이르렀다. 날아드는 독충과 나타났다 사라지는 짐승들이 벌써 수하의 반 이상을 먹어치웠다.

절정 고수인 추영과 다섯의 살수를 제외하면 모두 죽어버렸다.

우뚝!

앞서가며 길잡이를 하던 살수 하나가 멈추어 서자 추영 역시 멈추었다.

"무슨 일……."

털썩!

눈앞에서 그 살수가 정수리부터 사타구니까지 너무나도 깔끔하게 베어져 바닥에 쓰러졌다. 어떠한 기척도 느낄 수 없어 도저히 믿어지지 않는 광경이었다.

추영의 눈에 들어온 것은 산책하듯 유유히 풀을 밟고 서 있는 대머리 노인이었다. 허름한 옷을 입고 있었지만 연약한 풀을 밟고 떠 있는 모습에 추영은 상상도 할 수 없는 고수라는 것을 깨달았다.

"도, 도대체 왜……?"

"들어오지 말라면 들어오지 말 것이지, 요즘 아해들은 말귀를 못 알아 처먹는다니까. 에잉, 쯧쯧."

노인은 광노였다. 제법 귀찮은 기색을 풍기다가 고개를 설레 젓더니 손에 든 나뭇가지를 휘둘렀다.

서걱!

살수 하나가 눈을 부릅뜨다가 그대로 몸이 갈라져 단명했다.

'무음살!'

어떠한 기척도, 소리도 나지 않는 극쾌의 검술이었다. 보통 살수들이 일생을 바쳐 추구해도 극소수만이 도달한다는 입신의 경지를 노인은 아무렇지도 않게 장난처럼 시전해 보인 것이다.

추영은 자신이 부하들이 온전히 살아 있어도 눈앞에 있는 저 노인의 옷깃조차 스칠 수 없음을 이미 알고 있었다.

"정파는 아닌 것 같고, 흑도… 음, 마교의 애송이들인가? 조금 다른 것 같기도 하군."

광노는 그렇게 말하며 웃음을 지웠다.

"그래, 요즘 살수가 살수더냐? 이렇게 패기가 없어서 써먹겠나. 마교에서는 백팔지옥을 사십 일 정도 견뎌야 그나마 살수 노릇을 할 수 있었거늘."

"존함을 물어도 되겠습니까? 도대체 고인께서는……."

추영은 이미 살기를 포기했다.

"죽을 놈이 알 것 없다. 그건 그렇고 네놈들은 도대체 발전이 없어. 그래서 어느 세월에 무림일통을 하겠느냐? 구파일방 놈들은 어려서부터 벌모세수하고 벽곡단 처먹으며 칼질하는데 네놈들은 음모나 꾸미고 있으니 그게 되겠느냐?"

광노는 얼굴에서 빛이 나며 자애롭게 웃는 노인네들이 생각나자 속이 느글거리기 시작했다. 꽉 막힌 늙은이들이 과거 정파가 이렇고 저렇고 자랑질할 때마다 칼침을 몇 번이고 넣어주고 싶었던 광노였다.

광노의 손에 들린 나뭇가지가 잠시 흔들린다. 무언가 닿았다는 기색도 없이 살수들은 자신의 몸이 기울어지는 것을 발견했다.

자신이 어떻게 죽는지도 몰랐다.

이런 자가 살수였다면 천하에 누구든 죽일 수 있으리라!

'이곳이 인세란 말인가.'

추영 역시 잘려 나가는 자신의 몸을 보며 바닥에 쓰러졌다. 고통조차 느끼지 못하고 그대로 절명했다.

"무생이 오이를 자를 때 쓰는 수법이던가? 그런 것치고는 심력 소모가 심하군. 나도 늙었어. 허허허. 차라리 심검의 묘리가 편하겠어."

광노는 웃음 끝에 긴 한숨을 내쉬고는 고개를 가로저었다. 올려다본 하늘은 맑았지만 구름이 잔뜩 끼어 있었다. 밤이 되면 그저 달빛만 보일 것이다.

달빛마저 영롱하지 않을 것이 분명했다.

"좋지 않은 인연이야. 좋지 않아."

광노는 뻐근한 어깨를 몇 차례 두드리다가 그 자리에서 홀연히 모습을 감추었다. 남아 있는 시체조차 바닥에 스르륵 빨려들어 가며 사라지기 시작했다.

第三章

무생, 그가 원하는 것

득도촌은 무생에 의해 여러 번 확장되어 제법 규모가 큰 편
이었다.

몇 없는 마을 사람들이 지내기에는 터무니없는 규모였다.
화려한 목재 건물들과 하늘의 모양을 흉내 낸 기와집, 그 의미
를 알 수 없는 아름다운 조각품들은 모두 규칙적으로 배치되
어 있었다.

그것은 하나의 거대한 아름다운 정원을 보는 듯했으나 실상
무생을 꼬드겨 이런저런 설계를 한 뇌노(腦老)의 입장에서는
그의 모든 심득이 모여진 최고의 진법이었다.

독기가 넘치는, 지옥이라 부를 수 있는 영생산에서 살 수 있
는 이유도 건물들로 이루어진 거대한 진법 덕분이었다.

지옥회생진.

어떠한 지옥 같은 환경도 천상의 공간으로 만드는 최고의 심득!

그러한 유치한 이름을 지어놓은 뇌노였다.

아무튼 득도촌 중앙에 있는 아름다운 삼층 목재 건물의 분위기는 심각했다.

황궁에 있어도 전혀 어색하지 않을 정도로 웅장한 기백이 담긴 이 건물은 고작 노인정으로 쓰이고 있었다. 노인정에 담긴 기백과 혼을 읽을 수 있다면 화경에 이른 고수라 할지라도 피를 토하며 좌선할 것이다.

탕!

"미친 노인네야! 말리지 않고 뭐했나?"

광노의 외침이 울려 퍼졌다.

"인연은 그렇게 쉬운 게 아니라네. 말린다고 되나, 그게? 천기를 막는다고 막아지나?"

무생은 자연에서 크게 벗어나 있었다. 검노는 지금까지 자신의 수명을 담보로 천기를 읽어왔는데 지금처럼 강한 인연의 끈을 본 적이 없었다. 어쩌면 무생의 긴 세월에서 가장 중요한 시기인지도 몰랐다.

"머리에 똥만 찼나! 그럴 거면 도를 왜 닦아?"

"허험, 그래도 언질 정도는 해주지 않았나. 크흠."

"바짓가랑이를 붙들고라도 막았어야지!"

광노가 흉흉한 살기를 뿜으며 검노를 노려보자 검노는 식은땀을 흘리며 살짝 시선을 외면했다. 독노는 독초를 씹으며 한심하다는 듯이 고개를 저었고 뇌노는 자기 혼자 고민에 빠져 있었다.

"무생 오라버니가 무림 일통을 하는 것도 괜찮지 않나요? 내친김에 황제가 되는 것도……."

"이 미친 할망구가 반로환동하더니 뇌까지 애새끼가 되었니!"

"그거 칭찬 맞지요?"

무생에게 비노라 불렸던 수라옥녀였지만 지금은 약관의 모습을 하고 있어 결코 노인이라 부를 수 없었다. 누구라도 돌아볼 정도로 아름다운 미인의 모습이었지만 과거 그녀는 잔인하고 포악한 사파의 골칫거리였다. 오죽하면 무림공적이라는 칭호를 달았겠는가.

"그래, 무림일통? 천하통일? 좋지! 사내라면 한 번쯤 해보는 것도 나쁘지 않아! 역사에 이름을 남기고 후대에 칭송받고 말이지. 하지만 문제는……."

"무생은 결코 죽지 않는다는 것. 그야말로 불로불사의 현신이지."

광노의 말을 뇌노가 이어 말했다.

무생은 늙지 않았다. 언제부터 무생이 살아왔는지, 그들로선 알지 못했다.

물론, 늙지 않지만 상처를 입기는 한다. 하지만 그보다 더 빠른 속도로 몸이 회복해 버린다. 그 어떠한 치명적이고 깊은 상처를 입어도 회복해 버리니 그를 설명할 수 있는 것은 단 한 마디면 된다 할 수 있다.

불로불사.

무생에 대한 그들의 생각이 그러했다.

게다가 무생의 오감은 자신들에 비해 전혀 꿇리지 않았다. 세월이 그를 날카롭게 만들었다.

삶의 지루함을 이기지 못해 늘 무언가에 집중하여 극의를 보는 무생이 만약 무공에 빠지게 된다면 어떻게 될까? 사이한 마공에 빠지기라도 한다면?

그나마 광노와 노인들이 은거한 무생의 눈과 귀를 가려 자각이 무딘 것이 다행이었다. 죽음에 대한 강렬한 갈망에 점점 극단적으로 치닫는 무생이 무림에 나간다면 어떤 결과가 있을지 뻔했다.

"크흠……."

"음……."

독노와 검노는 신음성을 흘리며 표정을 굳혔다. 그들이 우려했던 일이 발생할 수도 있다. 그나마 무생의 심성은 악하지 않은 것이 다행이었다. 하지만 무한의 시간을 사는 무생이 미치지 않으리라는 보장은 없었다. 지금도 무생은 충분히 흔들리고 있었다.

점점 몰아치는 파도와 같은 열정이, 늘 격변하는 하늘을 닮은 감정이 옅어지고 있는 것이다.

불로불사.

뇌노는 무생이 불사할 수 있는 근간이 무한에 가까운 선천지기에 있다고 생각했다. 무공을 모르는 무생에게 딱히 큰 힘을 주는 것은 아니었지만 생명을 과도할 만큼 넘치게 해주고 있는 것이다.

"무림이 지금 혼란스럽기는 해도 늘 그랬던 것처럼 수습되게 마련이야. 혈마존 때도 그랬고, 그 전대에도 그랬네. 고고한 심득이 담긴 무공이라도 인간의 힘에는 한계가 있게 마련이네. 게다가 세상의 균형이 정마, 한쪽으로의 치우침을 허용치 않아."

뇌노는 무생을 떠올렸다.

"하지만 무생은 수습할 방도가 없어. 그는 무림 탄생 이전의 사람이네. 그가 은연중에 보아온 모든 것이 다 재앙이 될 수 있어. 무생은 세상의 치우침, 그 자체이네."

"일단 상황을 지켜보도록 하세. 중요한 것은 무생의 의도니 말이야. 무생이 그 아해에게 흥미를 느끼지 않기를 바랄 수밖에."

뇌노의 말을 끝으로 침묵이 자리 잡자 검노가 침착하게 말했다. 광노는 긴 숨을 내쉬다가 의자에 털썩 하고 주저앉았다.

"으음, 근데 그 아해보다 제가 더 예쁘지 않나요?"

"……"

수라옥녀의 말에 광노는 내공을 일으키려 했으나 뇌노가 광노의 팔을 잡으며 고개를 저었다.

"아무래도 무리한 반로환동의 부작용인 것 같네. 뇌에 다시

주름이 생기면 차차 나아지겠지.”

“득도는 개뿔.”

광노는 얼굴을 감싸 쥐었다. 우화등선하기 전에 화병으로 먼저 죽을 지경이었다. 우화등선의 심득이 눈앞에 있어도 여전히 득도의 길은 멀고도 험난하기만 했다.

＊　　　＊　　　＊

피가 사방으로 튀었다.

최강이라 믿었던 제왕검법은 그녀의 눈앞에서 허무하게 부서져 내렸다. 검은 피풍의를 두른 자가 흔들리는 시선 사이로 보였다.

강기가 폭사하고 곧게 뻗은 검은 허무하게 눌리며 종극에는 노인의 허리를 가르며 지나갔다.

‘할아버지!’

검성 남궁태민.

한때는 천하삼절 중 한 자리를 차지했던 자치고는 허무한 최후였다. 쓰러져 가며 자신을 보며 도망치라고 말하는 검성의 모습은 손녀를 걱정하는 초라한 늙은이일 뿐이었다.

간단하게 털어낸 피가 바닥을 흥건하게 만들었다. 그는 짚단을 베는 것처럼 사람을 베어 넘겼다. 그의 무감각한 눈동자가 그녀에게 닿았다. 눈동자는 죽립 속에 가려져 있었지만 그녀는 그 시선을 또렷하게 느꼈다.

진한 죽음의 향기가 느껴지는 시선이었다.

"허억!"

남궁소연이 몸을 일으키며 가슴을 부여잡고 신음성을 내뱉었다. 격동하는 심장이 마치 터질 것만 같았다.

"꿈……."

그 광경은 결코 잊을 수 없는 낙인이었다.

식은땀이 온몸을 저시었고 손끝은 바들바들 떨리고 있었다. 안색이 급격히 새파랗게 변하기 시작했다. 공포가 몸에 각인되어 혈맥마저 굳게 하고 있는 것이었다.

남궁소연이 간신히 심호흡하자 몸을 편안하게 해주는 향기를 느낄 수 있었다.

용이 화려하게 양각된 탁자 위에 놓인 이름 모를 향초가 그녀의 마음을 안정시켜 준 것이다.

"내상이… 없어?"

당분간 운신이 불가능할 정도라 생각했던 내상이었다. 하지만 지금은 내상은커녕 오히려 단전에는 청아한 기운이 가득차 있었다. 더 이상 증진이 없던 내공이 늘어난 것은 분명 커다란 진보였다.

'하지만 왜? 나는 어째서……?

그제야 남궁소연은 자신을 구해준 사내의 모습이 떠올랐다. 사내의 가공할 만한 한 수마저 떠오르자 벼락을 맞은 듯 부르르 떨 수밖에 없었다.

'입신에 든 은거기인이 분명해!'

그러한 무공이 세상에 존재했단 말인가?

그녀의 할아버지, 검성 남궁태민으로부터 사사한 제왕검법도 초라하게 느껴질 정도였다. 게다가 그녀는 어릴 적에 검성의 검을 수없이 견식해 보지 않았는가?

그녀는 재빠르게 상황 판단을 마쳤다. 이곳은 그 은거기인이 머무는 장소일 것이다. 하지만 기이하게도 도저히 산속에 있는 집이라고는 믿겨지지 않았다.

방은 깔끔했고 은은하게 풍기는 나무향기는 가히 일품이었다. 천하의 재보로 잘라 집을 지은 듯 모든 것이 반듯했지만 자유로웠고 그 안에 힘이 존재했다.

남궁소연은 위축되는 자신을 느꼈다.

'내 경지가 미천하여 모두 알아볼 수는 없구나.'

애초부터 자신의 세가와 비교한다는 것 자체가 부끄러웠다. 그녀는 조심스럽게 일어났다. 그녀의 눈에 들어온 것은 향초 옆에 놓인 의복이었다.

'비급!'

그녀는 다급히 비급을 찾았다. 다행스럽게도 비급은 온전히 탁자 옆에 놓여 있었다. 그녀는 재빨리 그것을 챙기며 품에 넣으려다가 자신이 얇은 속옷 차림인 것을 깨달았다.

그녀의 얼굴이 붉어졌다.

'지, 진정하자.'

하지만 이내 침착함을 되찾고 탁자 위의 의복을 손에 쥐었다. 이 정도 일은 수치도 아니라 생각했다. 다행히 험한 꼴을 당한 것 같지는 않았다.

그녀의 손끝이 작게 떨렸다. 자신을 더 이상 여자로 생각하지 않으려 했지만 처녀성을 지킬 수 있었다는 것에 안심하는 자신이 너무나도 한심하게 느껴졌다.

'부드러워.'

옷가지에 흥미가 없던 그녀였지만 손에 들린 옷은 몸에서 떼고 싶지 않을 정도로 부드러웠다. 거기다가 화려하게 수놓아진 꽃무늬는 한 폭의 그림을 보는 듯했다.

남궁서연이 한참을 망설이다 간신히 입기를 결심할 정도로 하나의 작품이자 예술이었다.

'검……'

습관적으로 검을 찾다가 검이 박살 났음이 생각나자 안색이 어두워졌다. 자신에게 커다란 의미와 목표를 부여해 준 검이었다. 검가의 무인에게 있어서 검을 잃는다는 것은 사지 중 하나를 잃는다는 것과 똑같았다.

그녀는 상실감을 느끼다가 입술을 굳게 다물었다.

'살아 있다는 것이 중요해. 무슨 꼴을 당해도 살아만 있다면……'

살아만 있다면 상황은 변할 수 있다. 다행히 아직까지는 처녀지신이지만 세가를 위해 언제든 버릴 수 있는 그녀였다.

그녀는 긍정적으로 생각해야만 했다. 누명을 벗고 복수하는 것에 모든 것을 다 바칠 결심을 한 그녀였다. 자신이 한 몸 치욕스럽게 되는 것은 두렵지 않았다.

더 이상 검을 잃지 않게 자신이 검이 되면 된다.

그녀의 눈에는 독기가 서려 있었다.

'죽어도 물러나지 않아. 나는 기필코……!'

남궁소연은 심호흡을 하고는 방 밖으로 나왔다.

건물의 구조는 평범한 객잔과 비슷했다. 장식품, 가구 하나 하나가 가치를 매기기 힘들 정도로 미려한 것 외에는 여타 다른 객잔과 다를 바 없어 보였다.

"아……!"

무릉도원이 이러할까?

객잔 밖으로 나서는 순간 상쾌한 공기가 폐 속으로 밀려 들어왔다. 처음 보는 진귀한 꽃들 사이로 잘 자리 잡은 건물들은 마치 옥황상제가 기거하는 천상을 보는 듯 웅장하며 화려했다.

흐르는 물줄기와 간간이 떠 있는 무지개는 그야말로 한 폭의 신선도였다.

"깼는가?"

"읏?!"

남궁소연은 갑작스럽게 뒤에서 들리는 목소리에 몸을 움츠렸다. 어떠한 기척도 없이 등을 점한 목소리의 주인은 머리카락이 없는 노인, 광노였다.

등을 내준다는 것은 죽음을 의미했다. 남궁소연은 식은땀을 흘리며 긴장했다. 광노가 살수를 펼쳤다면 그녀는 자신이 죽었다고 느낄 순간도 없이 죽음을 맞이했을 것이다.

'어, 어느새?'

남궁소연은 주춤 물러서며 광노를 두려움이 섞인 눈빛으로 바라보았다. 남궁소연이 광노를 두려워하는 것은 당연했다. 그녀의 식견으로도 광노의 경지를 도저히 가늠할 수 없었다.

'도저히 인간 같지 않아.'

남궁소연은 손을 꽉 쥐며 온몸을 떨었다.

광노는 그런 남궁소연을 날카로운 눈으로 바라볼 뿐이었다. 두려움이 가득한 모습이 안타깝게 느껴지기는 했지만 지금 그녀의 존재는 광노에게 있어서 발에 박힌 가시와도 같았다. 예전 같았으면 단숨에 제거해 버렸을 것이다.

"쯧쯧, 요즘 아해들은 버릇이 없어. 그래, 사지가 멀쩡하니 이제 좀 살 만하더냐?"

"아… 고, 고인을 뵙습니다."

"고인은 무슨! 나 아직 안 죽었다. 이런 버르장머리 없는 계집애 같으니라고!"

광노의 호통이 집을 무너뜨릴 듯 컸다. 광노가 날카로운 눈으로 남궁소연을 바라볼수록 그녀는 두려움에 움츠러들 수밖에 없었다.

남궁소연은 숨이 막히는 것을 느꼈다. 광노의 주변에서 압박해 오는 무형지기는 그녀가 견디기에는 너무나도 위대했다.

그러한 분위기를 바꾼 것은 이어 등장한 검노였다.

"이 친구, 낮술을 하더니 취했군. 꼬장 피울 거면 그냥 들어가시게."

광노의 기운을 막아선 것은 검노였다. 광노는 살짝 인상을 찡그리다가 고개를 설레 저었다. 그 순간 남궁소연을 압박했던 무형지기는 순식간에 사라졌다.

조그마한 살심이라도 있었으면 남궁소연은 무사하지 못했을 것이다. 광노의 살심 자체가 무엇보다 날카로운 검이자 비수였고, 활이었다.

마음만으로도 상대를 죽이는 심즉살의 경지였다.

그런 고고한 무학을 활검으로 융화시키는 존재가 바로 신선을 닮은 검노였다. 검노의 태극을 품은 기운이 퍼지며 남궁소연의 심신을 달래주었다.

"허허허, 참한 처자로군. 무생과 어울리지 않는가?"

"이 노인네가 미쳤나! 무생 나이가 몇……."

"그만하고 집에나 가시게. 허허! 그래, 상처는 좀 어떤가? 보나마나 깨끗이 나았겠지만……."

남궁소연은 기운이 빠진 몸을 간신히 비틀거리며 지탱했다. 인자한 검노의 모습에 남궁소연의 눈에 눈물이 맺혔다. 검노의 부드러운 웃음에서 처참하게 살해된 할아버지가 투영되었기 때문이다.

"괘, 괜찮습니다."

"오호? 그 아해가 그 혹인가?"

남궁소연의 바로 옆에서 치솟아 오른 노인이 있었다. 백발을 산발로 기르고 수염을 아무렇게나 자른 독노였다. 남궁소연의 부족한 식견으로 보기엔 그의 운신법이 잠행술 따위 같지는 않아 보였다. 마치 신선술을 보는 것 같은 느낌이었다.

독노는 남궁소연을 천천히 바라보다가 어깨에 멘 농기구를 바닥에 내려놓았다.

서걱.

"어이쿠, 이런."

바위에 기대어 놓았지만 바위가 갈라지며 농기구가 바닥에 박혀 버렸다.

'무, 무슨?! 마, 말도 안 돼!'

농기구 따위가 어떻게 바위를 두부 자르듯 자른단 말인가? 아니, 애초에 만년한철로 농기구를 만드는 미친 사람이 존재한다는 것 자체가 그녀에겐 정신적 충격으로 다가왔다.

그러고 보니 여기저기 박혀 있는 야광주나 옥구슬들은 돈 주고도 못 사는 보물이었다.

"호호호호!"

허공답보의 묘리로 하늘을 가르며 나타난 여인이 있었다. 하늘하늘한 치마를 흩날리며 사방을 향해 강기 맺힌 비도를 난사했다.

동백꽃이 떨어져 내린다. 꽃을 닮았지만 하나하나가 치명적인 강기였다. 여인은 하늘을 걷는가 싶더니 천천히 활강하며 바닥에 내려섰다.

처처처처척!

그녀의 주위로 떠돌던 비도들이 그녀의 주변 바닥에 박히며 자주색 섬광들을 폭사해 냈다.

강기를 폭사시켜 불꽃을 피우는 말도 안 되는 공부였다. 살상력이 현저히 떨어질뿐더러 내공은 곱절 이상 드니 말이다.

수라옥녀는 우아한 몸짓으로 남궁소연에게 다가왔다.

"언니, 좀 예쁘네?"

"미쳤군."

광노는 그렇게 말하며 한숨을 내쉬었다. 남궁소연이 도저히 이해가 되지 않는 광경에 아무 말도 못하고 있을 때였다.

콰아아아앙!!

"으윽?!"

남궁소연이 갑자기 들리는 폭음과 충격에 허리춤을 잡았지만 그곳엔 검이 없었다. 다시금 살짝 내상을 입은 남궁소연은 간신히 운기하며 내상을 다스렸다.

"시작되었군."

"음……."

검노의 말에 광노가 고개를 끄덕이며 답했다. 남궁소연은 떨리는 입술을 간신히 열어야만 했다. 묻지 않는다면 분위기에 파묻혀 자신을 잃어버릴 것 같았기 때문이다.

"저… 무엇이… 시작되었다는 말씀이신지……?"

남궁소연의 목소리가 기어들어 갔다.

"무생파산(無生破山)!"

모두가 입을 모아 그렇게 말했다. 강렬한 힘이 느껴지는 말이었다.

      *   *   *

근육이 팽창하며 전신에 열이 치솟았다.

콰아아앙!

저릿한 손의 감각이 무생의 기분을 달구어주었다.

산을 파는 일은 힘들지만 가장 꾸준히 할 수 있고 보람 있는 일이었다. 일 년 일 년 쌓아갈수록 커지는 구멍과 깎이는 절벽은 뿌듯함을 안겨주었다. 부서져 나가는 산처럼 자신도 부서져 버리길 바라 그래서 계속해 왔는지도 몰랐다.

물론 반복된 행위 속에서 근육이 파열되고 인대가 끊어질 염려는 없다. 바위가 전신을 짓눌러도 멈출 까닭이 없었다.

무생은 곡괭이를 들고 절벽을 파고 있었다.

노인들 사이에서 만년빙벽이라 불리는 이 절벽은 어떻게 생겨났는지 그 누구도 몰랐다. 다만 무생은 만년한철 사이에 파묻혀 잠들어 있는 이 빙벽을 깨웠을 뿐이다.

콰아앙!

보통 광부들은 선대로부터 전해오는 광산에서 작업하는 것이 보통이었지만 영생산은 달랐다. 무생은 필요한 광물들을 찾기 위해 한결같이 곡괭이질을 해온 것이다.

장소가 어디든 중요치 않았다. 일단 파고 봤다. 토사가 무너져 내려 삼 년 정도 갇혀 있었던 적도 있었다. 그럼에도 무생은 멈추지 않고 계속 팠다.

지난 구십 년 동안 파놓은 굴은 거대한 동굴이 되었고 숨겨져 있던 광맥들은 속속히 드러나 있었다. 지금 무생이 하는 짓은 과장하자면 그야말로 산 하나를 깨뜨리는 일이라고 할 수 있었다.

콰아아아앙!

고막이 먹먹할 정도로 거대한 굉음이 터져 나왔다. 무생은 거대한 절벽의 겉면을 깎고 드러난 묵색의 단단한 벽을 보며 심호흡을 했다. 요즘 들어 속살을 보여주는 만년빙벽이 제법 아름다워 보였다.

'마치 살아 있는 것 같다.'

영생산은 죽은 산이 확실하지만 신기하게도 그 내부는 살아 있었다. 지금 바로 눈앞에 무림인이라면 눈을 뒤집으며 환장할 진기한 광물들이 가득하지만 무생은 그다지 신경 쓰지 않았다.

진귀한 것과 좋은 것은 다르다.

'결을 읽고 빠르고 힘차게 내려친다.'

칼질, 도끼질, 곡괭이질, 심지어 농사일에까지 이 말은 진리처럼 통용되었다. 사물을 관찰하고 가능한 적은 힘을 들여 쉽게 파해하는 것은 손에 익어야 가능했다.

무생은 자신이 죽기 위해, 죽음에 대한 근본적인 탐구를 한 적이 있었다. 수년 동안 동식물의 죽음을 바라보고 수십 년 동안 사물의 부서짐을 관찰했다.

무생의 결론은 그저 시간낭비인 일이었다고 여겼지만 시간낭비만으로도 만족한 무생이었다.

"후우……."

결코 내려치는 데 있어서 잡념이 있으면 안 되었다. 그것을 아는 데 백 년이 넘게 걸린 것 같았다. 때문에 무생은 곡괭이를 쥐고 산을 깎아 내릴 때면 늘 무아지경의 상태가 되곤 했다.

군더더기라고는 찾아볼 수 없는 동작이었다. 통짜 만년한철로 만들어진 곡괭이기 무생의 손에 들려지자 눈앞의 벽을 그야말로 박살 내기 시작했다.

누가 보았다면 벽이 아니라 큰 두부 정도로 여겼을 정도였다.

"흐읍!"

호흡을 들이켜고 빼는 과정은 곡괭이의 동선과 그 흐름을 같이했다. 그래야만이 비로소 먹빛의 벽을 깨부술 수 있었다. 그것을 아는 데 또다시 오십 년의 세월이 걸렸다.

콰아아아앙!

한기 섞인 먼지가 진동하며 공기를 탁하고 얼어붙게 만들었다. 빛이 한 점 들어오지 않는 어둠 가운데서도 무생은 평소와 다름없이 움직였다. 모든 것이 너무나도 익숙해 눈을 감고도 할 정도였다.

"후, 이 정도면 되겠지."

무생은 곡괭이를 놓으며 광주리에 쏟아져 내린 광물들을 담았다. 땀이 비 오듯 쏟아졌지만 오히려 그것이 제법 상쾌했다.

'계속 파다 보면 산 반대편까지 뚫리겠군.'

　　마치 개미굴처럼 득도촌을 바라본 절벽은 모두 뻥뻥 뚫려 있었다. 무생은 문득 산 전체를 조각해 볼까 하고 생각했다가 고개를 저었다. 그것은 최후의 보루나 마찬가지였기 때문이다. 무생이 잠시 해본 설계로는 이백 년 정도 걸려야만 산 전체를 깎을 수 있었다.

　　죽지 못한다면 언젠가 그렇게 하리라.

　　'그 여자, 깨어났을까?'

　　무생이 오랜만에 곡괭이를 든 것도 간만에 온 젊은 손님 덕분이었다. 산적에게 몹쓸 짓을 당한 것 같지는 않았지만 그래도 제법 정신적 충격이 있어 보였기에 심신을 안정시켜 주는 보옥 하나를 만들 생각이었다.

　　그 여자를 위해서라기보다는 그저 할 일을 찾는 것일 뿐이었다.

　　"흐음……."

　　자신의 갈망을 잊게 해줄 수 있을까 하는 기대가 생기기도 했다. 무생은 동굴 밖으로 나와 절벽을 맨몸으로 내려가기 시작했다. 무수한 세월 동안 단련된 무생의 육체는 완벽 그 자체였다.

　　흉터조차 허락하지 않는 육체는 조각을 보는 듯했다.

　　"오, 왔는가."

　　"뇌노, 자네가 밖에 나오다니 별일이군."

　　"허허, 간만에 바람 좀 쐬러 나왔네."

　　"묘 자리라도 찾는 겐가? 집에만 콕 박혀 있지 말고 운동을 하게나.”

무생이 득도촌에 도착하자 마을 노인들 대부분이 나와 있었다. 뇌노에게 퉁명스럽게 말한 무생은 얼굴을 굳히며 의기소침하게 서 있는 남궁소연이 보이자 광주리를 내려놓고 그녀에게 다가갔다.

무생이 사람을 보는 것은 관찰이 주된 이유였다. 어느새 버릇이 되어버린 일이기도 했다.

남궁소연은 주춤거리다가 크게 절하듯 인사했다.

“으, 은인을 뵙습니다.”

“은인은 무슨. 별일 아니었으니 괘념치 마시오.”

약간은 냉정하게 느껴지는, 감정이 담기지 않은 어조였다. 남궁소연은 숙였던 몸을 펴며 고개를 들었다. 그녀의 눈에 들어온 것은 무생의 준수한 외모였다. 지저분하게 느껴지는 산발이었지만 그것마저 흠으로 보이지 않았다.

절세고수의 풍모는 없었지만 오히려 그것이 무생을 더욱 위대한 사람으로 보이게 만들었다. 말로만 듣던 반박귀진의 경지가 눈앞에 있다고 생각했다.

광노에게 받은 두려움은 어느덧 많이 사라져 있었다. 광노의 흉폭한 기운이 무생의 기도에 가려졌기 때문이다.

‘천하삼제보다는 아래겠지만 초절정 고수가 분명해! 이분이라면 나를, 아니 우리 남궁세가를 구해주실 수 있을지도 몰라! 저 나이에 저 정도 경지라면……!’

무공도 가늠할 수 없을 정도로 높고 사파 무리를 망설임

없이 없애고 자신을 구해준 것으로 보아 의협심도 대단할 것이다.

게다가 자신에게 아무런 요구도 하지 않고 내상을 고쳐주기까지 했다. 부러진 손목뼈가 하루아침에 붙는 것으로 보면 의술도 극에 이르렀음에 틀림없었다.

'신선의 진전!!'

눈앞에 있는 사내는 신선의 제자가 틀림없었다. 경지를 알 수 없는 노인들이 무생을 각별하게 생각하는 것을 보니 그 생각은 확신으로 변했다. 그것이 아니면 다른 말로 어찌 표현할 수 있을까?

나이가 아직 어리니 분명 장래에 천하삼절을 뛰어넘을 수 있는 자였다.

남궁소연은 무생이 천하삼절의 밑인 강호십왕의 말석 정도는 차지할 것이라 생각했다. 그가 보여준 것은 그 정도의 힘을 지니지 않고서는 불가능한 일이었기 때문이다.

'이자를 잡아야 해!'

천하제일미까지 거론되며 여러 더러운 남자를 봐온 남궁소연이었는데 그녀에게 무생은 신선한 충격으로 다가왔다. 오히려 자신이 그에게 잘 보이려 잘 짓지 않던 웃음을 보이고 있었다.

"그보다 잘 어울리는군. 예전에 옥노에게 주려고 만들어본 의복이었는데 너무 화려한 탓에 관두었지."

바느질에도 일가견이 있는 무생이었다.

아득히 먼 과거 대륙을 돌아다니며 의복을 봐왔던 경험과
직접 만들어 입은 의복의 숫자는 굉장히 많았다. 특히 염색하
는 작업은 제법 미묘해서 오랫동안 몰두했던 기억이 있었다.

무생이 만든 옷은 주로 고대의 양식이었는데, 때문에 남궁
소연이 입고 있는 복장은 지금 세대와 제법 차이가 있는 양식
이었다.

"정말이에요, 오라버니?"

"음?"

눈을 반짝이며 얼굴을 들이대는 낯선 여인의 모습에 무생은
잠시 당황했다. 득도촌에 있는 사람들은 하나같이 노인들밖에
없는 터라 남궁소연이 온 것만으로도 대단한 일이었다. 그런
데 처음 보는 여인까지 있다니?

광노가 다급히 무생에게 다가오며 어색한 웃음을 흘렸다.

"하하하, 옥노의 손녀일세. 자네가 사냥을 간 사이에 도착했
는데 내 소개를 못했군. 수라옥, 아니, 수희라는 이름이네."

"옥노에게 손녀가 있었나. 나를 아는 듯한데?"

"오라버니, 저……!"

수라옥녀가 무생에게 뭐라 말하려 하자 독노가 손을 벌려
빠르게 그녀의 입에 무언가를 집어넣었다.

"으읍?!"

"이런! 속이 안 좋나 보군."

독노와 검노가 양쪽에서 수라옥녀의 팔을 잡고는 그대로 빠
르게 사라졌다. 무생은 수희라는 여인이 옥노를 닮아 제법 특

이하다고 생각할 뿐이었다. 과도 따위를 자꾸 가져가 절벽에 꽂아 넣을 때부터 약간 미쳐 있었는데 최근에는 더욱 노망이 나 쓸쓸했던 무생이었다.

"아직 심신을 더욱 안정시켜야 하니 들어가 좀 더 쉬시오."

무생이 등을 돌리며 객잔으로 들어가려 하자 남궁소연이 그의 옷깃을 잡더니 그 자리에서 무릎을 꿇었다.

"염치없는 것은 알지만 부디 저를 도와주세요! 세가를 다시 세울 수만 있다면 제가 할 수 있는 일은 무엇이든 하겠습니다."

무생은 자신의 앞에 무릎을 꿇으며 애원하는 남궁소연을 바라보았다.

"제 목숨을 원하시면 드리겠습니다! 제발……."

눈물을 흘리며 간청하는 그녀의 모습은 천상에서 내려온 선녀라 불러도 손색이 없어 보였다. 하지만 무생에게는 그저 아름다운 여인으로 보일 뿐이었다.

무생 본인은 자각하지 못하고 있지만 선녀도를 그린다면 절정 고수의 음욕을 자극해 주화입마에 빠지게 하는 것은 일도 아니었다.

무생의 붓을 빼앗아 간 것은 광노였다. 구십 년 전, 무림을 진동시킨 절세미녀도로 정파 일류 고수 다수가 정이 말라 죽은 일이 있었기 때문이다.

"무슨 사정인지 모르겠지만 거절하도록 하지."

무생은 간단히 고개를 저었다.

남자라면 눈물을 흘리는 미녀의 부탁이라면 고민이라도 하는 척할 것이지만 무생은 달랐다.

무생으로서는 저런 부탁이 그다지 달갑지 않았다. 차라리 여기서 머물게 해달라고 해준다면 기간이 어찌 되었든 정착을 도와주었을 것이다. 무생은 그녀의 사정이 궁금하지도 않았고 자신이 무엇을 도울 수 있을지도 몰랐다.

'그저 예쁘기만 한 여자인가? 하긴 내가 원하는 것은 이 세상에 없을지도 몰라. 무엇을 기대한 것인가, 무생. 저 어린 소녀가 죽음을 알 리 없지 않은가.'

무생은 흥미를 잃었다.

'지루하다.'

무생이 원하는 것을 그녀는 가지고 있지 않았다. 무생이 원하는 것은 이 지긋지긋한 인생을 끝내는 것, 또는 오래 몰두할 수 있는 무언가였다.

그녀는 둘 다 아니었다.

무생은 이 지루함에서 해방된다면 무엇을 지불해도 좋다고 생각했다.

"방은 얼마든지 사용해도 좋다. 하지만 그것뿐이다."

무생의 말투가 싸늘하게 변했다.

그가 등을 돌리며 객잔 안으로 들어가자 광노는 작게 숨을 내쉬었다. 안도의 미소가 떠올라 있었다.

"사정은 딱하나 포기하는 것이 좋을 게야. 간신히 구한 목숨, 잘 보존해라. 무생은 네가 넘볼 사람이 아니다."

광노는 무릎을 꿇은 채로 움직이지 않은 남궁소연을 바라보며 그렇게 말했다. 남궁소연이 눈물을 흘리며 고개를 떨구자 검노는 안쓰럽게 그녀를 바라보다가 작게 한숨을 내쉬었다.

'구명한 목숨, 가문을 위해 바치고 싶었건만 내가 할 수 있는 일이 아무것도 없구나.'

그녀는 그 자리에서 미동조차 하지 않았다. 온갖 상념과 후회, 그리고 살의가 치솟으며 그녀의 심기를 어지럽혔다.

득도촌의 밤은 추웠다. 낮에는 봄 같은 느낌이었다면 지금은 눈이 오지 않는다뿐이지, 혹한이라 불러도 손색이 없었다. 지옥회생진이 약해지는 밤이면 만년빙벽에서 불어닥친 한기가 득도촌을 휘감았기 때문이다. 밤이 되자 남궁소연의 입에서 입김이 나오기 시작했다.

남궁소연은 한 줌의 내공조차 쓰지 않고 그렇게 계속 있었다. 가문을 일으킬 조그마한 희망조차 없다면 이 자리에서 죽을 생각이었다. 적어도 무생이란 사내는 자신의 시체를 잘 장례시켜 줄 것 같았다.

"쯧쯧, 검가(劍家)의 자식들이 어찌 이리도 하나같이 어리석고 도리를 모른단 말인가?"

산책하듯 내딛는 걸음으로 남궁소연 앞에 다가온 검노였다. 허공을 땅처럼 밟으며 걸어오는 노인의 모습은 검을 든 신선이라 부를 만했다. 지고의 경지인 허공답보를 산책하듯이 쓰는 모습이 어찌 사람일 수 있겠는가?

"어찌 원하기만 하느냐. 너는 이미 구명지은을 입었다. 그럼에도 은혜를 갚을 생각은 하지 않고 네 고집만 부리느냐! 네 어리석은 행동이 심마를 만들었건만 더 이상 무엇을 얻겠다는 말이느냐! 쯧쯧."

남궁소연의 몸이 부르르 떨렸다. 구명지은을 입었건만 자신과 가문만을 생각하여 갚을 생각은 하지 않고 있었다.

얼마나 어리석은 행동이란 말인가. 남궁소연은 은혜를 갚을 생각조차 하지 않고 또 다른 은혜를 바라던 자신이 부끄러웠다.

도리 위에 가문을 놓을 수는 없었다. 그것은 그녀가 가장 존경한 그녀의 할아버지, 검제 남궁태민의 가르침이기도 했다.

순간 머리가 맑아지며 피를 한 움큼 뱉어냈다. 남궁소연은 절박한 표정으로 검노를 바라보았다. 그녀의 절박함이 검노에게 닿았다.

'올곧은 아이로구나. 무생, 이 아이는 자네와 닿은 연을 결코 풀 수 없다네. 자네 역시 그러할 게야. 자네에게 천기가 생긴 것은 좋지 않지만, 그래도…….'

검노는 긴 수염을 손으로 쓰다듬고는 인자한 표정으로 남궁소연을 바라보았다.

"어, 어르신, 저는 어찌하면… 어찌하면 좋나요?"

"마음을 움직이는 것은 마음뿐이란다. 진심과 정성, 그리고 위하는 마음이 있다면 무엇이든지 움직일 수 있다. 그것은 심검의 묘리이기도 하지만 세상의 소소한 신리이기도 하지."

검노는 뒷짐을 지며 어둠 속으로 사라졌다. 남궁소연의 손이 그녀의 가슴에 닿았다. 추위로 인해 굳어 있는 손의 냉기는 마치 자신의 얼어붙은 마음을 대신 나타내 주는 것 같았다.

손가락에 힘이 들어가자 옷깃이 구겨졌다.

자신의 마음으로 누군가의 마음을 움직인다. 간단한 이야기처럼 들릴지 모르지만 단 한 번도 마음을 열어본 적이 없는 그녀로서는 굉장히 힘든 일이었다.

'누군가의 마음을 얻어본 적이 있던가. 붕우(朋友)조차 없는 내가…….'

오히려 차가운 태도가 많은 오해를 불러왔고 그녀 주위엔 마음을 터놓고 이야기할, 아니 애초에 이야기를 나눌 상대조차 없었다.

그녀, 그리고 더 나아가 남궁세가가 그랬다. 제왕검법의 심득은 천하제일이라 평가받고 있었고, 가문의 힘 또한 영원할 거라 믿었다. 그런 오만함이 무지를 낳았고 지금의 사태를 일으킨 것이다.

검성을 잃은 남궁세가는 아무것도 아니었다.

그 현실을 몸소 체험한 남궁소연이었다.

'변해야 해, 나부터.'

자신이 변하지 않고 가문을 일으켜 봤자 언젠가 이런 사태가 반복될 뿐이다. 흐릿했던 그녀의 눈빛에 총기가 감돌았다. 남궁소연은 재빠르게 운기하여 몸을 녹이고는 굳어 있는 몸을 풀었다. 그리고 무생이 들어간 객잔을 바라보다가 조용히 그곳으로 걸음을 옮겼다.

第四章
무생, 나가다

　남궁소연이 객잔으로 들어온 이후 무생은 제법 난감한 사태를 맞이했다.

　무생이 가는 곳에는 늘 남궁소연이 뒤따랐다. 그것만이라면 감내할 수 있었을 테지만 마치 시녀라도 된 듯 무생의 옆에서 극진한 태도로 그를 모시다시피 했다.

　싸늘하게 윽박질러 봐도, 오만하게 명령해도 달라지지 않았다.

　득도촌에 정착은 했지만 오래전부터 혼자 살아온 무생으로서는 참으로 적응되지 않는 상황이었다. 무생이 말려보기는 했으나 은혜를 갚겠다는 완고하면서 필사적인 말에 무생은 그녀를 그대로 놔둘 수밖에 없었다.

제법 신선했기 때문이다.

객잔 일이나 무생의 작업을 돕는 일은 무척이나 서툴렀다. 남궁소연은 검을 잡는 것 외에는 그 어떤 일도 해본 적이 없었다. 때문에 돕는 일보다 망치는 일이 더 많았다.

서투른 그녀는 무생에게 많은 일을 안겨주었다.

일 하나가 둘이 되고 다섯이 된 적도 많았다.

그것이 무생의 심기를 건드리지는 않았다. 오히려 무생으로서는 지루하지 않아 좋았고 그녀에 대한 흥미가 생겼다. 잠시 죽음에 대한 갈망을 잊은 듯했다.

그렇게 며칠이 흐르자 딱딱했던 관계는 제법 부드러워졌다. 무생은 남궁소연을 편하게 대했고 호칭에 고민하던 남궁소연이 얼굴을 붉히며 오라버니라 부르기 시작했다.

무생도 은인이니 뭐니 하는 그런 종류의 호칭은 듣기 불편했다. 무생으로서는 그저 칼질하는 무리를 내쫓고 간단한 치료를 해준 것밖에 없었기 때문이다.

'이곳의 생활도 익숙해졌네.'

남궁소연은 계절이 두 번 바뀔 때까지 무생의 옆에 머물렀다. 평화로운 득도촌의 삶은 얼어붙었던 남궁소연의 마음을 녹여주었지만 한편으로는 무겁게 만들어주었다.

'할아버지, 아버지, 어머니… 동생아……'

죽어간 할아버지와 부모님, 그리고 생사가 묘연한 남동생이 생각나자 심마가 다시 고개를 들 판국이었다. 하지만 남궁소연은 그 마음을 억눌렀다.

구명의 은혜는 갚을 길이 없다. 원하는 것이라도 있으면 남궁소연이 모든 것을 다 바쳐 들어줄 테지만 무생은 아무것도 바라지 않았다. 그렇기에 남궁소연은 가슴이 너무나 답답했다.

"하아!"

남궁소연은 객잔 앞에 쌓인 눈을 치우며 얼어붙은 손을 입김으로 녹였다. 편하게 하려는 마음을 접은 그녀는 가급적이면 내공을 쓰지 않았다. 육체의 고단함을 이해하고 고통을 인내하며 마음을 다스렸다.

남궁소연은 객잔의 청소를 마치고 깨끗한 무명천을 챙겨 대장간의 문을 열었다. 대장간의 열기는 무척이나 뜨거웠다. 남궁소연도 처음에는 견뎌내지 못할 정도였다.

"오라버니, 쉬엄쉬엄 하세요."

"시간이 얼마나 흐른 거지?"

"몰두하신 지 보름 가까이 지났어요."

"그런가, 그렇군."

무생의 몰두는 그야말로 무아지경이라 시간 감각을 잊게 해주었다. 무생이 조각칼에 손을 뻗으려 하자 남궁소연이 더 빨리 움직여 조각칼을 가져다주려 했다.

"꺄앗?!"

극도의 예기에 놀라 바닥에 떨어뜨리고 말았다. 조각칼은 대리석 바닥을 가볍게 가르며 꽂혀 버렸다. 무생이 만든 모든 물건들은 부동심을 지니지 않고 있다면 다루기 힘들었다. 무생의 마음이 하나하나 모두 깃들어 있었다.

그것은 그가 강렬하게 갈망하는 죽음 역시 담겨 있었다.

"죄, 죄송해요."

두 눈을 깜빡인 무생은 허둥거리는 남궁소연을 바라보았다. 무생의 입꼬리가 올라갔다. 얼마 만에 웃어본 것인지 기억조차 나지 않는 무생이었다.

무생이 웃자 남궁소연은 잠시 멍한 표정을 지었다가 고개를 돌리며 얼굴을 붉혔다.

"괜찮다."

"하, 하지만 바닥이 저 때문에……."

"다치지는 않았느냐?"

"예."

"그럼 되었다. 어차피 언젠가 부서질 것들이었어. 세상에 부서지지 않는 것은 없… 지는 않겠군. 음, 정 도와주고 싶다면 잠깐 거기에 서보겠느냐?"

남궁소연은 무생이 손으로 가리킨 곳으로 가 무생을 바라보며 섰다. 다소곳이 서 있는 그녀의 자태는 선녀라고 불러도 손색이 없었다.

'색다르군. 나쁘지 않은 기분이야.'

무생은 진정으로 그렇게 느꼈다.

살아온 세월이 세월이다 보니 감정을 묻고 홀로 지낸 적이 많았고, 그간 지루함을 잊으려 할 수 있는 모든 일에 열중했다.

그 결과 자신 이외에는 대부분을 잊었다고 보는 것이 맞았다.

'여동생이 있다면 이런 기분이었을까?'

고아였던 무생은 가족의 정을 느껴본 적도 없었고 세상을 알았을 때는 이미 혼자가 되어버렸다. 때문에 무생은 지금 굉장히 신경 쓰이면서도 따듯한 기분을 느끼고 있었다. 지루함과 갈망을 잠시 누를 정도로 굉장한 체험이었다.

깔끔했던 대리석 바닥이 갈라지는 것도 그다지 기분 나쁜 일이 아니었다. 부서진 것은 고치면 되었지만 마음이란 것은 자신의 마음대로 되는 것이 아니었기 때문이다.

반면 남궁소연은 무생의 따듯한 말에 감동하면서도 무생이 작업에 몰두할 때면 안색이 새파랗게 질릴 정도로 긴장했다.

가끔씩 보이는 무생의 어두운 표정은 죽음 그 자체를 연상시켰기 때문이다.

스윽!

무생이 손을 움직이기 시작하자 그녀는 다시 죽을 것처럼 긴장하며 두 손을 꼭 쥐었다.

'겨, 견디기 힘들어.'

무생의 시선이 남궁소연에게 닿았다.

날카롭게 떠진 눈은 마치 맹호를 연상시켰고 하나의 검을 연상시키는 예기까지 느껴졌다. 그녀는 마음을 안정시키려 심법의 구절을 읽으며 끊임없이 운기해야만 했다.

깨달음을 얻어 상승 경지로 나아갈 수도 있었지만 무생에 대한 생각이 그것을 막았다.

'나를 어떻게 생각하실까? 버릇없는 계집으로 보시겠지.'

도와달라고 생떼를 쓰는 여자를 그 누가 반긴단 말인가? 무생의 곁에 있는 것은 아직도 그것을 포기하지 않았음을 의미했다. 지금도 그녀는 무생이 자신의 힘이 되어주길 원했다. 그 감정의 정체가 탐욕인 것을 잘 알고 있었다.

'염치도 없어. 하지만 나는……'

지금은 은혜를 갚기는커녕 폐만 끼치고 있는 형국이었다.

'아!'

남궁소연은 무생의 움직임에 빠져들기 시작했다. 어떤 상황인지조차 잊어버리며 넋을 잃고 바라보았다.

무생은 한눈에 봐도 범상치 않은 극양염옥을 깎아 내려갔다. 조각칼조차 범상치 않아서 바위쯤은 두부처럼 가를 정도의 예기를 지니고 있었다.

'아름답다.'

단지 세공을 하는 것일 뿐인데도 그녀는 무생의 모습이 아름답다고 생각했다. 마치 무생의 마음이 이 자리에서 발산되는 듯한 감각을 받았다.

굉장히 공허한 느낌이었지만 밤하늘의 달처럼 차갑지만 따듯한 느낌을 품고 있었다.

"후!"

무생이 입김을 불자 극양염옥의 가루들이 공중에 날리며 불꽃을 튀겨냈다. 삼매진화를 연상시키듯 맹렬히 타오르다가 그 생명이 다하여 사라져 버렸다.

무생은 완성된 조각품을 바라보며 살짝 미소를 지었다.

'평소와는 다르군.'

왜인지 평소보다 더 집중이 잘되었고 무아지경에 빠지는 느낌 또한 나쁘지 않았다. 남궁소연을 바라보며 느낀 모든 것이 극양염옥 안에 담겨 있었다. 무생은 오랜만에 그나마 그럭저럭 쓸 만한 것을 만들었다고 생각했다.

'부엌칼보다는 훨씬 낫겠지.'

무생이 그런 생각을 하고 있는 동안 남궁소연은 무생의 손에 들린 조각품에 또다시 정신을 빼앗겼다.

아름다움의 극치였다.

날아오르는 주작.

선은 미려했고 날갯짓은 힘이 있었으며 눈빛은 창공을 향해 있었다. 잘 조각된 발톱은 예기마저 띠고 있어 다가오는 심마를 잘라 버릴 것 같았다.

호수를 증발시켜 버릴 만한 정순한 양기를 지닌 보옥!

극양염옥이라 칭해지는 보옥은 남궁소연으로서도 처음 들어보는 것이었다.

독노가 말하길 화기를 다스려 주고 온몸의 독을 정화시켜 준다. 피를 맑게 하여 내공을 더욱 정순하게 만들어주며 한겨울에도 추위를 느끼지 못하도록 하는 인세에 찾기 드문 보배였다.

극양염옥을 찾기도 힘들뿐더러 찾는다고 해도 그것으로 무언가를 만드는 일은 극의에 이른 대장장이가 아니고서는 불가능했다.

상부에 구멍이 뚫려 있었고 크기가 크지 않아 목걸이로 쓰기 딱 좋았다. 무생은 독노에게서 가지고 온 붉은 실로 꿰어 목걸이를 만들었다.

무생은 대수롭지 않게 목걸이를 바라보다가 자리에서 일어나 남궁소연에게 걸어갔다. 남궁소연이 미처 반응하기도 전에 그녀의 목에 목걸이를 걸어주었다. 남궁소연은 화들짝 놀라며 무생을 바라보았다.

“제, 제게 어, 어찌 이것을……?”

“그냥 호신용 부적 정도라 생각하거라. 어차피 그 정도밖에 안 되는 물건이니까. 이 근방의 독기 정도는 막아줄 것이니 좀 더 편하게 지낼 수 있겠지.”

남궁소연의 눈동자가 심하게 흔들렸다. 그녀의 눈동자에 들어온 무생의 눈은 아무런 사심도 들어 있지 않았다. 무생일지라도 비급을 탐낼까 봐 몸이 꼭꼭 숨기고 다닌 자신이 부끄러울 정도였다.

마음의 전부를 내보이지 않았는데 어찌 믿음을 얻을 수 있단 말인가.

‘오라버니, 저는……’

남궁소연은 목걸이를 두 손으로 꼭 쥐었다.

무생이 준 것은 비급과 견주어도 결코 뒤지지 않은 보물이었다. 벌써부터 온몸이 따듯해지고 양기가 혈맥에 스며들고 있었다. 몸 안의 노폐물들이 녹아 사라지자 머리가 맑아지고 몸이 훨씬 가벼워졌다.

오래 차고 있으면 내공도 정순해져서 상승 경지를 충분히 노릴 만할 것이다. 남궁소연은 떨리는 손으로 자신의 옷을 정리하고는 그 자리에 무릎을 꿇었다.

"소녀, 오라버니의 보은을 갚을 길이 없사옵니다."

"자주 무릎을 꿇는 것이 외지의 전통이냐? 여자가 그러면 보기 안 좋다."

무생은 눈물마저 흘리는 남궁소연을 바라보다가 작게 한숨을 쉬었다.

'소연이 그렇게 가난하게 살았나?

무생은 남궁소연의 처지가 생각보다 안 좋다고 생각했다. 저런 목걸이 하나 받았다고 무릎을 꿇고 울 정도면 하루 벌어 먹기가 분명 힘들었을 것이다. 그러다가 안 좋은 길에 빠졌고 산적에게 쫓기게 된 걸지도 모른다.

무생의 마음이 착잡해졌다.

'딱하군.'

남궁소연은 무생을 바라보다가 품에서 책자 하나를 꺼냈다. 그리고 무생의 앞에 공손히 가져다 놓았다.

"소녀, 오라버니께 비밀로 한 것이 있어요. 제가 쫓긴 이유 중 하나가 바로 이것 때문이에요."

그녀의 손이 떨렸다. 마음으로 마음을 갚는 길은 이것밖에 없다고 생각했다. 적어도 자신의 모든 것을 열어 보이는 것이니 말이다.

‘제왕검법?

무생은 제법 그럴 듯한 필기체로 제왕검법이라 써져 있는 책자를 바라보았다. 언젠가 자신이 오십 년 정도 붓글씨에 매달렸을 때의 느낌이 있었다.

“오라버니가 보시기엔 부족하지만 이것이 저희 남궁세가의 모든 것이에요.”

“저런, 역시…….”

무생은 자신의 생각이 옳았다고 여겼다. 그럴듯하기는 하나 무생의 눈에는 그저 허름한 책자에 불과했다. 그런 책자를 저렇게 애지중지하는 것을 보면 그녀는 분명 힘든 삶을 살아왔을 것이다.

무생은 책자를 집어 들고 대충 넘겨가며 읽기 시작했다. 한 장 한 장 넘어갈수록 남궁소연의 얼굴빛이 창백해졌다.

‘음? 건강해지는 체조 따위로군. 차라리 검노 것이 그럴듯해. 이런저런 움직임을 섞어놓았지만 어차피 거기서 거기가 아니던가?

몇 장 더 넘기다 그대로 책자를 덮고 남궁소연의 앞에 놓았다.

“이런 것에는 그다지 관심 없어.”

“저… 혹시 제가 처한 상황에 대해 알고 계셨던 건가요?”

무림을 진동시킨 사건이었다. 은거했어도 충분히 알 법한 일이었다.

갑작스럽게 검제가 무공을 잃자 남궁세가는 급격히 기울어져 갔다. 검에 독보적인 재능을 자랑했던 검제의 성취를 따라잡기란 불가능에 가까웠다.

남궁소연의 친부인 남궁현은 검에 재능이 없었다. 근골은 검제의 기대에 크게 못 미쳤다. 늘 열등감에 시달리던 남궁현은 넘볼 수 없을 정도로 강대한 무공을 원했다.

정성이 하늘에 닿아서일까?

남궁현은 절대로 얻어서는 안 될 것을 얻어버렸다.

그것이 바로 혈마존의 비급!

이백 년 전에 무림을 절반 가까이 궤멸시켰던 혈마교의 교주 혈마존의 모든 정수가 담긴 비급이었다.

그것이 소문이 나 무림맹에서는 역적이라며 등을 돌려 버렸고, 비급을 차지하려는 탐욕에 남궁세가는 멸문한 것이었다.

게다가 가문의 비급마저 빼앗길 뻔했다.

"대충이나마 알 것 같은데."

그 산적 같은 자들이 제법 돈이 될 법한 책자를 노린 거라 생각한 것이 분명했다.

그 정도 수준의 산적들이 할 수 있는 일이라고는 가난한 자들을 핍박하는 일뿐이었으니까. 가난하고 연약한 남궁소연이 할 수 있는 일은 도망치는 일밖에 없었을 터다.

무생은 자신의 그런 생각을 확신하며 다시금 치솟는 연민의 감정을 감추지 못했다.

무생은 남궁소연의 입술이 떨리고 있는 것을 발견했다. 남궁소연은 자신의 모든 것을 이해하고도 자신을 받아준 무생에게 감동하고 있었지만 무생이 그것을 알 리 없었다.

단지 과거의 힘들었던 시절이 생각나서 그러하리라 여길 뿐
이었다.

남궁소연이 공손하게 무생의 앞에 다가왔다.

"혈마지존의 비급마저 드리고 싶지만 제가 가지고 있지 않
아요. 빼앗겼어요. 하, 하지만 언젠가 무림에 모습을 드러낼
것이에요."

무생은 남궁소연의 처지가 딱하게 여겨졌다. 가보라 불리는
두 책 중에 하나를 이미 산적들이 빼앗아 갔으니 얼마나 마음
이 아프겠는가.

책자일 뿐이지만 그래도 가보인데 무림이라는 곳에서 버젓
이 팔린다면 남궁소연은 분명 크게 상심할 것이다.

"무림이라. 그러고 보니 다들 그곳 출신이던가. 그래, 소문
을 듣자 하니 하나같이 상도덕이 없더군."

득도촌의 인물들이 넌지시 했던 말들이 생각난 무생이었다.
무림 일통이니, 천하제일의 무공이니 했던 것들도 생각나자
무생은 조금씩 호기심을 느끼기 시작했다.

무생이 세상에 나가 있었을 때는 무림이라는 곳 자체가 없
었다.

단지 전쟁과 기아, 그리고 무차별적인 싸움만이 있었을 뿐
이었다.

광노와 노인들 역시 무림을 깎아내리며 얼버무리기 일쑤였
기 때문에 무생은 무림에 대해 잘 알지 못했다.

'지금은 어찌 되었을까? 음, 나와는 상관없겠지.'

무생의 관심이 점점 사라지자 다급해진 남궁소연이 무생을 향해 입을 떼었다.

"오라버니께서는 정녕 원하시는 것이 없으신가요? 소녀, 오라버니를 위해서라면 무엇이라도…….”

"날 죽여줄 수 있나?”

"예?”

"내가 죽을 방법을 물었다.”

무생의 권태로운 목소리가 들리자 남궁소연은 화들짝 놀라며 무생을 바라보았다.

무생의 표정은 그야말로 절대 강자의 여유가 서린 얼굴이었다. 남궁소연은 천하삼절 중 으뜸이었던 자신의 할아버지가 저런 표정을 자주 지었다는 것을 상기해 냈다.

지독한 권태감.

남궁소연은 무생이 자신의 강함을 누를 만한 호적수를 원하고 있다고 생각했다. 보통 고수들은 저렇게 돌려서 말하게 마련이다.

"무, 무림……! 그곳은 분명 원하시는 것을 얻을 수 있게 해줄 거예요.”

"무림이라?”

"무림엔 기인기사가 넘쳐 납니다. 그곳이라면 바라시는 바를 이룰 수 있을지 몰라요. 그중에…….”

눈이 동그랗게 떠진 무생은 남궁소연을 바라보았다. 남궁소연은 확신에 찬 눈으로 고개를 끄덕였다.

"천하삼절이라면 분명 가능할 거예요."

"그들이 그렇게 대단한 자들인가?"

"무공이 입신에 달한 자들이에요. 능히 오라버니의 고민을 해결해 줄 수 있을 거예요."

남궁소연은 무생이 천하삼절을 만날 확률이 극히 적을 거라고 생각했지만 출중한 실력을 가진 무생을 이런 곳에서 썩히기 아까웠다.

무생이 무림에 나간다면 분명 이름을 날릴 테고 자신의 든든한 후원자가 될 수 있을 거란 내심도 존재했다.

'날 죽일 수 있다고?

무생은 진지하게 고민했다.

죽을 수 있다!

지겨운 이 삶을 끝낼 수 있는 것이다!

그 얼마나 바라던 말이던가. 언제였는지 이제는 기억도 모호해지기 시작한 오랜 세월의 삶이었다. 전란으로 모두가 죽을 때 그는 언제나 살아 있었다. 죽기를 바라지만 죽을 수 없던 것이다. 그런 자신을 죽일 수 있다니!

어느 순간부터 포기했던 죽을 방법이 있다는 말에 무생의 눈에 이채가 서렸다. 무생이 은거하고 생겨 버린 무림이라는 단체가 그렇게 대단한 곳이라면 절박한 자신이 굳이 피할 이유가 없었다.

'광노가 알 것 같다는 방법이 이것인가?

무생은 광노를 생각하며 그렇게 추측했다. 무생도 바보가 아닌지라 광노가 무림에 대해 아는 걸 막고 있음을 예전부터 알고 있었다.

무생이 신경 쓰지 않은 것은 원하는 것이 없다고 여겼기 때문이다.

"틀림없느냐?"

"예, 제 목숨을 걸 수 있어요."

남궁소연의 눈빛은 진실만을 가득 담고 있었다.

"안내해 줄 수 있나?"

그토록 바랐던 것이 있을 수도 있다는데 무생은 망설일 이유가 없다고 생각했다. 지금 당장에라도 떠나고 싶었다.

"예?"

"무언가 걸리는 것이 있느냐?"

"제가 쫓기는 처지라는 것은 알고 계시지요?"

무생은 고개를 끄덕였다. 하지만 그리 신경 쓰지는 않았다. 세상의 모든 위협은 지루함, 그뿐이었다.

"나간 김에 너를 도와주도록 하지. 음, 그래. 네가 말한 세가 정도는 지어주도록 하마. 집을 짓는 정도야 어려울 게 없는 일이다. 그 정도 능력은 되니까."

남궁소연의 처지가 딱하다고 느낀 무생이었다. 이참에 집을 지어주는 것도 나쁘지 않다고 생각했다. 그동안 허름한 집에서 불안하게 살아온 것 같으니 안정적으로 정착이라도 하라는 바람에서였다.

구십 년 전에 잠깐 교류하기는 했으나 정상적인 교류는 아니었다. 삼사백 년이 넘게 단절된 생활을 해온 무생은 길잡이가 필요하기도 했으니 마침 딱 좋은 조건이었다.

"정파는 그나마 덜하지만 흑도무림은 집요하게 절 노릴 거예요. 오라버니."

"상관없어."

물론 무생은 흑도무림 전체를 조금 큰 산적 집단이라 여기는 중이었다. 무생은 제대로 싸워본 적이 별로 없었지만 불사의 장점이 있기 때문에 흑도라 칭해지는 산적 정도는 가뿐하다고 생각했다.

'아……!'

남궁소연은 무생의 말에 몸을 부르르 떨었다. 집을 지어준다는 말은 가볍게 들리지만 가문을 다시 일으켜 줄 근간을 준다는 말과 일맥상통한다고 생각했다.

게다가 무생은 남궁소연이 평생 가지고 가야 할 업보까지 같이 짊어져 준다고 말하였다.

'하늘은 우리 남궁세가를 버리지 않으셨어. 가문을 세우고 대를 잇기만 한다면… 지금은 무리더라도 다음 대에는 분명…….'

남궁소연은 무생의 얼굴을 바라보다가 살짝 볼을 붉히고는 고개를 힘차게 저었다.

"무, 무생 자네 설마……."

"광노?"

　언제 안으로 들어섰는지 광노가 무생의 뒤에서 나타났다. 광노는 남궁소연을 날카로운 눈으로 바라보다가 무생을 보며 입을 떼었다.

　"무, 무림에 나갈 생각인가!"

　"들었나? 날 죽일 수 있는 사람이 있다고 하네. 천하삼절이라는 삼신(三神) 지상에 있다고 하네."

　"그럴 리가! 무생 자네가 오해하고 있는 거네. 그녀석들은……."

　"오해라도 상관없어. 어차피 지루한 시간, 때웠다고 생각하면 되네."

　결과야 어찌 되었든 시간을 때울 뿐이었다.

　광노는 비틀거리면서 벽을 짚었다.

　잠시 한눈을 파는 사이에 우려했던 일이 발생한 것이다. 그것도 무림에 관심이 있다니! 잘못하면 큰 사단이 일어날 수도 있는 발언이었다.

　광노는 결코 무생이 무림 속에서 원하는 것을 얻을 수 있으리라 생각하지 않았다. 우화등선을 앞둔 자신 역시 무생에게 상처조차 입히지 못하는데 그 누가 절대 불사의 무생을 죽일 수 있단 말인가!

　만약 무생의 기대가 절망감으로 바뀌어 나쁜 마음이라도 먹는 날에는 무림, 아니 이 세상 자체가 어떻게 될지 몰랐다.

　광노는 다급히 무생을 말려야만 했다.

　"세, 세상이 얼마나 험난한 줄 아나! 자네, 분명 위험할 게야."

광노는 신음성을 삼켰다.

'아니, 무림이 위험하겠지! 더 나아가 세상 자체가!'

그런 생각을 가까스로 감추며 무생을 바라보았다. 무생의 눈에는 그동안 사라졌던 호기심이 새겨져 있었다. 그 속에 희망 역시 보이는 터라 광노는 어떠한 말도 할 수 없었다.

무생은 광노를 조용히 바라보았다.

"위험하다?"

무생은 고개를 젓더니 진한 미소를 지었다.

"나갈 이유가 늘었군. 늘 말했지만 난 죽고 싶다네. 누가 나를 해한다면 그것이 내 인생 최고의 날이 되겠지! 난 그 망할 옥황상제를 배알하길 간절히 원하네."

무생은 그동안 관심을 꺼왔던 무림에 점점 큰 흥미가 생기고 있었다.

*   *   *

결심이 선 무생을 말릴 수 있는 자는 그 누구도 없었다. 무생은 평소에 게으르게 지내다가도 무언가 할 일이 생기면 모든 것을 그곳에 집중시켰다.

그것은 긴 세월 동안 지루함을 잠깐이라도 잊게 해준 습관이었다.

무생은 침대 옆에 있는 나무 상자를 열어 그 안에 곱게 접혀 있는 복장을 빼 들었다. 언젠가 광노가 자신에게 선물해 준 무복이었다.

검은색 일통이기는 하지만 고급스러운 비단으로 되어 있고 무생이 손을 본 까닭에 옷 선이 매우 날카로웠다. 자칫 음침해 보일 수도 있지만 그러기는커녕 상당히 고풍스러웠고 범접할 수 없는 무언가를 풍겼다.

‘음…….’

무생은 대충 필요한 것들을 봇짐에 챙겨 넣었다. 딱히 먹을 필요도 몸을 보호할 필요도 없는 무생인지라 챙긴 것은 평소에 그가 들고 다녔던 장비들이 전부였다.

‘도끼는 무겁기는 하지만 냉동 효과도 있으니 어쩔 수 없군.’

남궁소연을 생각해서 상하지 않는 요리를 해야겠다고 생각한 무생이었다. 요리는 무생의 즐거움이기도 했고 지루함을 덜어주는 좋은 취미였다. 복잡하고 손이 많이 가는 요리일수록 무생의 기호에 잘 맞았다.

가끔 광노가 가지고 온 서적에 다양한 요리법이 적혀져 있어 무생이 요리에 빠진 것은 당연했다. 은거하기 전 전란 속에서 구한 각종 책들은 이미 다 읽은 지 오래여서 광노의 도움으로 최근의 서적들을 읽은 무생이었다.

“음…….”

무생은 만년한철을 반듯하게 깎아 광을 내어 만든 동경을 바라보았다. 옷을 갖춰 입고 산발의 머리를 묶어 정리하니 귀공자가 눈앞에 보였다. 날카로운 눈매가 상당한 위압감을 발현하고 있었다.

상당한 미남자의 모습이었지만 무생이 보기에는 그저 인상이 나쁜 청년 정도였다.

'역시 변하지 않는군. 얼마나 시간이 흘렀던가. 생각조차 나지 않아.'

무생이 모든 일이 시작이었던 영생산으로 돌아온 것도 삼백 년을 훌쩍 넘어섰다. 영생산의 모든 곳을 돌아다녀 보았지만 아무것도 존재하지 않았다. 영생산에서는 답이 존재하지 않았다.

남궁소연 말대로 무림에는 답이 존재할까?

무생은 천천히 방에서 나와 객잔 밖으로 나왔다. 득도촌의 모든 인파가 모여서 무생을 기다렸다.

"오, 제법 그럴듯해!"

"역시 마교 교주 뺨치는군!"

독노와 뇌노가 그렇게 말하자 광노의 근심 어린 표정이 흐뭇함으로 물들었다.

"고럼! 누가 입던 건데!"

그렇게 말한 광노의 얼굴에는 자랑스러움이 깃들어 있었다. 광노는 무생을 바라보았다.

무생의 모습은 압도적이게까지 느껴질 정도였다. 득도촌의 노인들조차 잠시 숨을 들이켤 정도로 대단한 존재감을 가지고 있었다.

무수한 세월의 업은 천기를 비틀고 하늘을 가렸다.

‘우화등선한 전대 마교 교주도 저 정도 존재감을 뿜지는 않았을 게야.’

저 태산을 가를 듯한 기도는 아무나 지닐 수 있는 것이 아니다. 그것은 무생의 지난 세월을 대변해 주는 기억과도 같았다. 무수한 세월 속에서 산 무생의 존재감은 쉽게 감추어질 수 없는 성질이었다.

‘누가 무생을 막을 수 있으랴! 그래, 자네만이 진정한 천마지존, 아니 그 이상이 될 수 있겠지.’

광노는 흐뭇해하면서도 무생에 대한 걱정으로 마음이 가득했다. 무림에 나감으로써 변하게 될 무생도 걱정이었고, 부득이하게 변화를 맞이하게 될 천하 역시 걱정이었다.

언젠가 자신의 힘을 자각하고 세상을 지루하다고 여기게 된다면 그때 무생은 마인이 될지도 몰랐다. 광노의 가장 큰 걱정이 바로 그것이었다.

때문에 광노는 필사적으로 무생의 자각을 더디게 했다.

검노가 광노의 어깨 위에 손을 올려놓으며 고개를 끄덕였다. 광노는 한숨을 내쉴 뿐이었다.

“우리가 챙겨줄 것은 없겠지.”

“누가 누굴 챙긴다고 그러나? 자네들 몸이나 챙기게나.”

검노의 말에 그렇게 대답한 무생은 대장간에서 나온 남궁소연을 바라보았다. 남궁소연에게 필요한 것들을 챙기라고 말해 준 기억이 있었다. 어차피 실패작들이 전부였기에 적당한 가격에 팔아 노잣돈을 마련할 심산이었다.

하지만 남궁소연은 무생의 의도와는 전혀 다른 해석을 할 수밖에 없었다.

'모두 보물이라 부를 수 있는 것뿐이야. 필요한 것들을 챙기라는 말씀은 내 안목을 보시는 건가?'

무생이 아무렇게나 툭 내뱉은 말 때문에 남궁소연은 하룻밤을 꼬박 새어 물건들을 골랐다.

'오라버니께서는 나를 시험하시고 계시는 것이 분명해.'

남궁소연은 무생의 그 어떤 말도 흘려들을 수 없었다. 그녀 마음속의 무생은 그녀의 스승이었고 무한한 존경의 대상이었다.

그 결과 그녀가 들고 나온 것들은 상당히 많았다. 비도, 검을 포함하여 단검 종류까지 한가득이었다. 하나같이 함부로 만져서는 안 되는 것들이라 하얀 천에 정성스럽게 말아져 있었다.

"아!"

남궁소연은 객잔 앞에 서 있는 무생을 본 순간 몸이 굳어져 버렸다. 동공이 확대되고 심장이 멎어버린 것 같았다. 머리카락에 반쯤 가려져 있던 눈빛이 완전히 드러나자 남궁소연은 완전히 압도되고 말았다.

남궁소연은 한동안 멍하니 무생을 바라보다가 두근대는 심장 소리에 간신히 정신을 차리고 숨을 내뱉었다. 무생과 시선이 마주치자 화들짝 놀라며 고개를 숙이고 말았다.

"준비는 다 되었느냐?"

"예? 네!"

"이르긴 하지만 출발하도록 하자."

드디어 긴 은거를 깨고 세상으로 나가는 것이었다. 앞으로 무림은 큰 변화를 맞이하게 되고 그 중심에는 분명 무생이 있을 것이다. 무생이 득도촌에 들어오고 교류가 끊어진 지 백여 년 만의 일이었다.

무생은 담담한 걸음으로 득도촌 밖으로 나갔다. 남궁소연은 그 뒤를 따랐고 득도촌의 노인들은 모두 착잡한 심정이 담긴 시선으로 그것을 바라보고 있었다.

"우화등선을 잠시 미루어야겠군."

"신선이 되는 것보다 무생을 보는 것이 더 중요하니 말일세."

"이 참에 반로환동이나 하는 것이 어떤가?"

광노와 뇌노가 뒷짐을 지며 말하자 검노가 그렇게 물었다.

"으앗! 무생 오라버니!!"

독노는 허공답보의 수법으로 뒤늦게 나타나 애꿎은 땅을 가르는 수라옥녀를 보며 고개를 설레 내저었다. 어설픈 반로환동은 큰 부작용을 낳기 때문에 각별히 조심하여 행해야 했다.

그 와중에 이와 같은 문제엔 역시 소림이라 문득 떠올리는 뇌노였다.

第五章
무생, 싸움질 좀 하다

무생록

득도촌에서 나온 무생은 평화롭게 숲 속을 걸으며 영생산에서 빠져나올 수 있었다.

남궁소연이 따라잡기 벅찰 정도로 무생의 걸음은 빨랐다. 힘든 기색이 역력한 남궁소연을 보며 보약이라도 한 사발 지어 먹여야 하는 것이 아닌지 무생은 진지하게 고민했다.

남궁소연은 나름 고역이었다. 극양염옥으로 만든 목걸이 덕분에 만독불침의 상태가 되어 모든 독기에 영향을 받지는 않았지만 발 딛을 곳이 극히 적은 늪과도 같은 숲 속을 이동한다는 건 일가견이 있는 경공 실력으로도 무척이나 힘든 일이었다.

'역시 오라버니는 대단하셔.'

　무생의 걸음은 격식이 있는 것은 아니었지만 무엇보다도 가장 효과적인 움직임을 보여주고 있었다. 분명 쉽게 움직이는 것 같은데 마치 땅을 접어 걷는 것처럼 느껴질 정도였다. 어떠한 길이라도 가볍게 걷는 신기는 초상비보다 더 심오하게만 보였다.

　영생산의 영향권에서 벗어나자 남궁소연은 몸이 한층 가벼워짐을 느꼈다. 무생은 그저 약간의 개운함만을 느낄 뿐이었다. 오히려 그런 개운함이 건강함을 주는 것 같아 찝찝했다.

　하지만 풍경을 즐길 줄 아는 무생이었다.

　몇몇 촌락이 저 멀리서 보였고 하늘을 향해 피어오르는 연기구름이 무척이나 평화로워 보였다.

　'제법 많이 변했어. 강폭도 커졌고 촌락도 새로 생겼네. 평화로운 세상인가. 처음 보게 되겠군.'

　무생은 세월의 흐름을 새삼 느꼈다. 무생은 자신의 존재가 세월의 강이라는 흐름을 거부하는 깊게 박힌 거대한 바위 같다고 생각했다.

　"생각해 둔 갈 곳이 있느냐?"

　"실례가 안 된다면 황산 쪽으로 가고 싶어요. 위험할 테지만 두고 온 동생이 너무나 걱정되어서……. 일단 합비(合肥)를 거쳐서 무호(蕪湖)를 지난 다음 황산 근방에 가려고 해요."

　"그곳에 본래 너의 집이 있었던가?"

　"예, 하지만 지금은……."

　무생은 고개를 끄덕이며 남궁소연의 어깨를 툭 밀었다.

"깊게 생각하지 말거라. 깊은 생각 속엔 답이 없어."

무생이 걷기 시작하자 남궁소연도 옆에서 따라 걸었다. 무생의 몸짓은 여유롭기만 했다. 남궁소연은 무생의 뒷모습을 보며 하늘에 떠다니는 구름 같다고 생각했다.

그녀는 무생이 무슨 생각을 하고 있는지 궁금했다. 그는 그녀로서 단 하나도 이해할 수 없는 바람 같은 기인이었다. 뒤에서 보면 닿을 수 없이 거대하고 옆에서 보면 그림을 그려놓은 듯 수려했다.

'오라버니를 끌어들인 것이 잘한 일일까? 내 욕심은 분명 벌을 받을 거야. 하지만 그렇게 되더라도 포기할 수 없어.'

남궁소연이 표정을 굳힌 채 생각했다. 그녀는 유유자적하게 사는 무생을 권모술수가 난무하는 무림으로 끌어들인 것에 죄책감을 느꼈다.

무생은 잠시 뒤를 돌아보았다가 남궁소연의 눈과 마주쳤다.

무생은 고개를 끄덕이다가 고개를 돌렸다. 그것만으로도 남궁소연은 큰 위로가 되었지만 정작 무생은 그러한 것들을 신경 쓴 적이 없었다.

무생은 모든 것에 무덤덤한 자신과는 다르게 무언가 계속 고민하고 있는 남궁소연의 모습이 신선하게 다가왔다. 멈춰 있는 자신과는 다르게 그녀는 끊임없이 나아가려 노력하고 있는 것이다.

무생의 눈에는 그것이 너무나 아름다운 날갯짓으로 보였다. 무생의 무저갱 같은 눈동자에 남궁소연의 모습이 담길 때였다.

꼬르륵!

무생의 귀에 똑똑히 들려왔다. 바로 남궁소연의 배에서 울린 소리였다. 남궁소연은 허둥거리며 무생을 제대로 바라보지 못하고 얼굴을 붉혔다.

"저, 저, 그, 그게……."

무생은 조그맣게 소리 내어 웃었다. 얼마 만에 이렇게 웃어본 것인지 기억조차 나지 않았다.

'그러고 보니 슬슬 밥 때가 되었나?'

무생이 겪은 세상은 하루에 한 끼를 먹으면 다행인 시절이 다반사였다. 또한 상당한 거리를 걸었고 배가 고플 만한 때였다. 무생이야 밥을 먹지 않아도 되니 신경 쓰지 못한 것이었다.

'배가 고프다고 말하면 될 것을.'

무생은 남궁소연이 여자의 몸이니 부끄러워서 별말 안 하고 있다고 여겼다.

제법 친해졌다고는 해도 무생은 명백한 외간남자니 남녀사이가 각별한데 신경을 좀 써야겠다고 생각했다.

무생은 서투르고 어색한 것이 재미있었다. 익숙함은 그에게 지루함을 주는 성가신 적이나 다름없었다.

무생은 조금 더 걷다가 걸음을 멈추어 섰다. 해가 질 때까지 꾸준히 걸으면 멀찍이 보이는 촌락에 닿을 수 있었지만 아무래도 지금 끼니를 때우는 것이 좋을 것 같았기 때문이다.

"오라버니?"

무생은 봇짐을 내리고 그 안에서 고운 천에 싸놓은 영생산의 물고기와 말린 고기, 그리고 몇 가지 자체 개발한 양념을 꺼냈다.

광노가 천하의 날고 긴다는 요리사를 모두 긁어모아 완성한 천하요리심득을 무생에게 주었던 적이 있었다. 광노는 무생이 관심을 가질 만한 것들을 가져다주었다. 무생의 관심을 딴 곳으로 돌리기 위해서였다.

광노의 의도대로 무생은 그것을 연구했고 이미 넘어서 한계에 닿아 있었다. 때문에 광노는 매번 무생이 관심을 가질 만한 것을 가져다주어야 했다.

"아……."

그릇이 없다는 불편함은 무생에게는 통용되지 않았다. 허리춤에서 꺼낸 단검으로 바닥에 쓰러져 있는 바위를 두부 썰듯이 자르자 그럴듯한 그릇이 되었다.

바위가 아무리 단단하더라도 만년한철로 다듬어진 예기를 극복할 수는 없었다.

서걱!

그 이후로 요리는 순식간이었다. 여러 번 봐온 남궁소연조차 다시 넋을 잃을 만큼 굉장한 솜씨였다. 재료가 하늘에서 춤을 추고 손에서 불길이 일어나는 것 같더니 금세 재료가 모두 요리되어 버렸다.

무생이 음식이 담긴 돌그릇을 남궁소연의 앞에 내려놓을 때였다.

바스락!

남궁소연이 인기척에 놀라 경계하며 일어섰다. 그들 앞에 모습을 드러낸 것은 흔들리는 갈대 사이에 서 있는 검은 복면의 무리였다.

'아직도 추격이……!'

남궁소연은 나태해진 자신의 감각을 탓하며 곧 있을 공격에 대비했다. 무생은 그런 남궁소연의 모습을 바라보다가 돌그릇을 내려놓을 뿐이었다.

"우리가 매복한 것을 알고 있었군."

나타난 것은 복면의 괴인이었다. 온몸을 검은 피풍의로 모두 가렸지만 바짝 마른 몸을 모두 가리지는 못했다. 눈은 흰자와 눈동자의 경계가 모호할 만큼 검었다. 특수한 안법을 익힌 자에게서만 나타나는 현상이었다.

"그래, 그냥 지나가지 그랬나."

"이 몸은 하늘이신 대천지주의 명을 결코 거스를 수 없소."

"배라도 고픈 건가?"

"오라버니! 저자는 마공을 익혔어요!"

괴인의 몸에서 피어오르는 보라색 아지랑이는 결코 정순한 내공으로 쌓을 수 있는 것이 아니었다.

'사악한 마공이로구나! 마교인가? 하지만 대천지주라 함은……?'

남궁소연은 혈마신공이 생각나자 몸을 부르르 떨었지만 아직까지 세상에 나올 시기는 아니라 여겼다. 손에 쥐어본 혈마신공의 비급은 불안정하고 특수한 암호로 처리되어 있었다. 남궁소연은 저들이 마교의 인물이라 생각했지만 확실하게 정체를 가늠하기는 힘들었다.

'음! 저자는 도대체……!'

반면, 남궁소연의 모습을 발견하자마자 공격할 것 같은 기색을 보이던 괴인은 미뤄지릴 수밖에 없었다. 무생 때문이었다. 무생이 내뿜는 존재감을 느낀 괴인은 차마 부하들에게 공격 명령을 내릴 수 없었다.

괴인은 자존심을 접고서라도 자리를 이탈할 필요성을 느낀 것이었다. 하지만 그것도 여의치 않게 되었다. 재배되듯 길러진 감각은 이미 이 반경이 모두 그의 영역이라는 것을 알려주었다.

그것은 분명 착각이 아닐 것이다.

'애초부터 우리는 저자의 손아귀에 있었다.'

남궁소연이 영생산으로 사라지고 나서부터 무림맹과 사파연합은 근처에서 서로 남궁소연의 비급을 노렸다.

무림맹은 주위의 눈을 의식해 정식으로 파견을 보내진 못했지만 흑도무림의 중심이자 원로가 속한 사파연합은 달랐다.

하지만 이들은 마교의 백팔지옥을 통과한 정예 살수 같지는 않아 보였다.

의문에 가려진 초정예 살수들이었다.

괴인의 이끄는 무리는 끈질긴 기다림 끝에 남궁소연을 포착

했지만 일을 마무리 지을 수 없었다. 무생이 너무나 여유롭게 품에서 단검을 꺼낸 순간부터 괴인은 죽음을 감지했다.

단검이 하늘에서 비산하고 손아귀에서 불꽃이 솟아날 때 경지가 낮은 살수들은 그 자리에서 혼절하고 말았다. 대부분 주화입마에 들었지만 호법도 서줄 수 없는 상황이었다.

'이자는 하늘인가! 그럴 리가 없다! 대천지주만이 오로지 하늘을 품을 분이시다!'

괴인은 눈을 스르륵 감고 내공을 모두 끌어 올렸다. 얼마 전에 대천지주가 하사한 자마신공은 일반적인 마공과 그 궤를 달리하는 것이었다.

내공과 선천지기를 동시에 폭발시켜 어마어마한 잠력을 일으키는 사이한 마공이었다. 동귀어진을 각오하지 않는 이상 결코 써서는 안 되는 금단의 비술이기도 했다.

'수라검형의 정수는 아무리 입신의 고수라 할지라도 통할 것이다!'

수라검귀 자목.

그의 이름은 결코 가벼운 것이 아니었다. 흑도 무림 중 살수의 한 축을 담당하는 유망한 살수였다. 그리고 소속을 알 수 없는 신비의 살수이기도 했다.

자목이 든 검에서 한 자 이상의 자색 검기가 치솟았다. 선명한 검기는 절정을 넘어서는 경지로 보였다.

자목이 몸을 던졌다. 남궁소연이 그 신형을 놓칠 정도로 어마어마한 속도였다. 절정 고수의 모든 것을 건 동귀어진은 화경에 들었을지라도 절명을 허용할 만큼 대단한 것이었다.

한 동작에 한 목숨을 가져가는 고명한 살법인 절명검을 보는 듯했다.

지잉!

검이 울며 귀를 멀게 하는 듯한 소리를 뿜어냈다. 자목의 검은 바람을 갈랐고 주위의 갈대들을 하늘로 비상시켰다.

그의 상기인 수라검형을 자마헐공괴 접목시킨 둔귀어진의 수법이었다.

붉은 검기가 맺힌 검이 무생의 몸에 닿는 순간이었다.

콰아앙!!

폭발이 있었다.

"꺄악!"

"크아아악!"

"커어억!"

무생의 가슴에 닿은 검은 이미 박살 난 지 오래였고 주위의 땅과 바위, 모든 갈대들이 돌풍이라도 맞은 듯 사방으로 튕겨져 나갔다.

자목은 폭발 순간 온몸의 혈맥이 끊어지고 근육, 장기들이 뒤틀렸다. 그것도 모자라 뒤로 한참을 튕겨나가 바닥에 파묻혀 버렸다.

주위에 있던 살수들 역시 폭발의 여파를 피하지는 못했다. 주화입마에 빠졌던 대부분의 살수는 혈맥이 터져 급사했고 사정이 나은 살수들은 몸을 겨우 추스를 뿐이었다.

다행히 무생의 뒤에 있던 남궁소연은 가까스로 무사할 수 있었다.

'이, 이건?'

남궁소연은 경악을 머금지 않을 수 없었다. 어떠한 묘리로 일어난 폭발인지 알 턱이 없었다. 그녀가 마지막에 간신히 느낀 것은 무생의 몸에서 뿜어져 나오는 무형의 기운이었다.

"호신강… 기? 말… 도 안 되는……."

자목은 힘겹게 피를 토하며 그러한 말을 내뱉었다. 하지만 아무리 생각해 봐도 이것은 호신강기의 수준을 아득히 넘어섰다. 소림에 전해져 오는 방탄공 역시 이러한 위력은 힘들 것이다.

자목의 눈에 비친 무생은 너무나도 여유로워 보였다. 그리고 너무나 거대해 보였다. 그것은 일대종사조차 지니지 못한 기세였다.

"커억!"

아직도 남아 있는 정체불명의 무형지기 때문에 자목의 전신 혈맥의 내공이 역류하며 온몸을 난도질해 버렸다. 피를 분수처럼 토한 그는 몸을 부르르 떨었다.

"우리는… 포기하지… 않을 것… 이다. 남… 궁소연… 넌 곧… 커억!"

자목은 그대로 절명했다. 간신히 목숨을 부지한 살수들은 몸을 부르르 떨었다. 감정이 없을 그들의 눈빛에는 무생에 대한 두려움이 깔려 있었다.

'이자는 악마다!'

'폭강기……?! 설마 천마지존의 현신인가!!'

자목이 죽자 내상을 잔뜩 입은 살수들이 간신히 시신을 수습해 갔다. 살수들로서는 간신히 굳어 있는 몸을 움직인 것이었다.

그러자 주변에는 죽어버린 살수들만이 갈대밭에 쓰러져 있었다.

시신을 수습하며 도망치는 저들을 막지 않았다. 무생이나 남궁소연도 신경 쓸 정신이 없었기 때문이다.

무생은 나름대로 깜짝 놀랐다. 그저 남궁소연을 쫓는 강도와도 같은 무리라고 가볍게 생각했는데 제법 위력적인 화약이라도 가지고 있던 모양이었다.

'안 되었군.'

무생은 어쨌든 어설픈 자라고 생각했다. 검을 휘둘러 왔을 때 모습은 무척이나 틈이 많았고, 그다지 무생에게 위협적인 수준은 아니었다. 오히려 득도촌의 힘없는 늙은이들이 하는 건강체조가 훨씬 완벽한 수준이었다.

다만 예기는 그럭저럭 괜찮은 편이었다. 하지만 매서운 칼질일지라도 피할 필요성을 느끼지 못했기에 그대로 검을 맞아주었다. 애초부터 무생은 피하는 법을 몰랐다.

여태껏 보통 칼질 좀 하는 자들은 검을 맞아주고 멀쩡한 걸 보여주면 지레 겁먹고 졸도하거나 도망치기 일쑤였기 때문이다.

구십 년 정도 전에도 그러한 기억이 있었다. 다 죽어가는 광노를 발견하고 구해줄 당시 칼질 좀 하는 자들과 대치한 적이 있었다. 도저히 말이 안 통하는 자들이라 어쩔 수 없이 검을 몇 번 맞아주었는데 그때 그들은 왜인지 모르겠지만 피를 토하거나 불편한 안색을 내보였었다.

'이번엔 좀 특수했지만… 아무튼 관청은 여전히 뭐하고 있는지 모르겠군. 나라님은 늘 바쁘니 기대하면 안 되겠지. 백성을 위한 임금은 없는 건가?

이러한 경천동지할 폭발에는 무생조차 알 수 없는 이유가 있었다.

이십 년 정도 전쯤 뇌노가 알아낸 바에 따르면 무생의 불사는 그 끝을 알 수 없는 선천지기에서 이루어졌다고 한다.

평범한 칼질에 상처를 입어도 복구가 더 빠를 만큼 활력이 넘쳤다. 표시는 나지 않아도 근본적으로 상처를 입는 셈이 되지만 내공을 포함한 외기를 입힌 공격은 달랐다.

무생의 그 끝을 모르는 탐욕스러운 선천지기가 외기와 만나자 어마어마한 반발력으로 화한 것이다. 가히 호신강기를 넘어선 전무후무한 경지라 말할 수 있었다.

검기를 넘어선 강기 정도라면 폭발을 억지하고 기혈의 역류를 막을 수는 있겠지만 안타깝게도 자목은 그 정도 경지에는 이르지 못했다.

"자기가 자초한 일, 치료는 필요없겠지."

무생은 필사적으로 도망치는 몇몇의 모습이 생각나자 고개

를 저었다. 무수한 세월이 죽음을 무디게 한 것 같아 무생은
조금 씁쓸한 마음이 되었다.

사람을 죽이는 것에 자신이 재미를 느끼게 된다면 어떨까?
다행히도 지금의 무생은 사람을 죽였다는 마음보다는 죽은 저
들을 동경하는 마음이 컸다.

죽음의 형태는 누구에게나 공평했지만 그는 해당되지 않았
기 때문이다.

"오, 오라버니……."

남궁소연은 방금 전 그 광경이 생각나자 몸을 살짝 떨었다.
다소 냉정하고 무심하면서도 다정한 모습에 잊고 있었지만 남
궁소연이 생각하는 무생은 이미 인간이 아니었다.

'방금 그것은… 마공인가? 소림의 방탄공과는 다르다! 폭발
하는 호신강기… 들어본 적 없어.'

자목의 동귀어진은 그녀로서는 절대 막을 수 없을 만큼 지
고한 경지를 담고 있었다. 진정으로 신검합일이라 불릴 만한
일수였다.

하지만 무생은 그저 가만히 서서 몸으로 받았다. 그냥 몸으
로 받은 것이 아니라 검기를 파해하며 폭사시킨 것이다.

전신의 연골이 부서지고 근육이 끊어졌으며 혈맥이 뒤틀렸
다. 남궁세가의 깊은 정수를 전수받은 그녀는 그러한 자목의
상태를 단숨에 알아볼 수 있었다.

'오라버니…….'

과거였다면 마공이니 뭐니 하며 경계했겠지만 그녀는 이미

그런 편협적인 사고방식에서 벗어났다. 어차피 전 무림의 공적이니, 무공의 정마를 따진다는 것은 의미없는 일이었다.

"괜찮느냐?"

"네? 네. 저, 저는 괜찮아요."

"그저 피해갔다면 죽지 않았을 것을."

절정 고수를 두 손 놓고 절명시킨 것치고는 가벼운 말투였다.

"오라버니께서는 사, 상처가 없으신지요?"

"상처 입을 것이 무에 있겠느냐, 저런 강도들에게."

무생에게는 그저 흑도무림이란 이름을 쓴 강도일 뿐이었다. 남궁소연은 무생의 무심한 표현에 살짝 몸을 떨었다.

'그 검은 수라검형, 그는 수라검귀가 분명해. 신비의 절정 고수라 들었는데… 마교의 인물들은 아니야. 무언가 내가 모르는 것들이 분명 있을 거야.'

비록 사파의 살수이지만 의와 협을 알고 충을 중요시 여기는 남자였다. 그런 그와 신비의 고수, 그리고 살수들을 강도 취급하는 무생은 그 누구보다도 커 보였다.

남궁소연의 얼굴이 굳어졌다. 무림맹의 도움을 구할 수 없는 마당에 다른 정체불명의 무언가가 이 음모에 깊게 닿아 있었다. 그녀의 할아버지와 가족들을 잔인하게 도륙한 그자도 마교가 아닌 다른 곳의 인물일지도 몰랐다.

'너무 깊게 생각하는 건가?'

남궁소연은 그렇게 생각했지만 그런 생각을 지우진 않았다.

"미안하군."

무생이 음식이 든 돌그릇을 건네자 남궁소연은 눈을 깜빡이
다 받아 들었다.

"배가 고팠던 게로구나."

"네?"

"많이 먹거라."

그렇게 말하는 무생 덕분에 방금 전 그 광경 덕분에 비위가
상한 남궁소연이었지만 식사를 할 수밖에 없었다. 물론 맛이
너무나 좋아 금세 잊어버렸지만 말이다.

*　　　*　　　*

촛불에 비친 그림자 사이로 한 인형이 솟아올랐다. 공손
히 머리를 조아린 인형의 얼굴은 검은 복면으로 가려져 있었
다.

"흑살대주가 남궁소연을 발견했습니다."

"남궁소연이라……. 성역에 들어가고도 살아나왔단 말인
가? 그렇다면 이미 그녀를 죽이고 검제의 비급을 회수했겠
군."

"그게… 실패했다고 합니다."

"뭐라?"

부채를 펴고 있던 흰 수염을 기른 노인이 이를 접으며 그를
노려보았다. 그는 파르르 떨며 간신히 입을 떼었다.

"그녀를 보호하는 고수가 있습니다. 흑살대주는 그자의 호신강기에 폭사되었다고… 보고가……."

노인은 아무 말도 없이 그렇게 있다가 한 손으로 부채를 부숴 버렸다. 철로 만든 부채가 간단히 일그러졌다.

"호신강기가 폭발했다고? 설마, 구십 년 전 실존된 마교의 천마신공? 그럴 일은 없겠지. 대천지주께는 따로 보고하지 마라. 연공에 힘쓸 시기시다."

"존명!"

노인은 좀처럼 인상을 피지 못하며 구름만이 깔린 창밖을 바라보았다.

"폭강기의 고수라… 심심하지는 않겠군. 어디로 향하고 있다 하던가?"

"금호 쪽인 것 같습니다."

"같다고?"

"커억!"

노인의 손을 들자 막대한 무형지기가 그의 목을 휘어 감았다.

"커억… 그, 금호입니다."

"그래, 대답은 확실하게 해야지. 금호라……. 음… 일단 손을 써놓아야겠군. 혈영삼십귀 정도면 괜찮겠지."

이 모든 것은 중요한 사명이었다. 만들어진 거대한 톱니바퀴들을 돌리는 가장 중요한 핵심이었다.

하지만 노인은 유희라고 생각할 뿐이었다. 절친한 친우였던

자를 나락으로 빠뜨려 죽이고 그 일가를 맘대로 가지고 노는
것만큼 즐거운 일이 어디 있겠는가!
　노인은 부드러운 미소를 그렸다가 단번에 지웠다.

第六章

금호

강도의 습격을 받은 후 며칠은 이동에만 힘을 썼다. 무생은 여유롭게 가려고 했지만 남궁소연이 심리적으로 쫓기고 있는 것 같아 그녀와 걸음에 맞춰주었다.

'충격이 컸겠지. 나오자마자 자신을 뒤쫓는 자들을 만났으니.'

무생은 남궁소연의 안전에 조금 더 신경을 쓰게 되었다. 자신은 어떻게 해도 안 죽어 문제없다지만 남궁소연은 그저 연약한 여자일 뿐이니 모양새뿐이긴 해도 무기가 필요할 것이라고 생각했다. 문득 그녀를 챙기는 자신에 놀랐지만 무생은 깊게 생각하지 않았다.

무생은 짐을 풀어 남궁소연이 대장간에서 챙겨온 것들을 둘

러보다가 언젠가 만들어본 검 하나를 꺼냈다. 수려한 검집에 꽂혀 있는 검은 무생이 달이 가장 맑을 때 완성한 그럭저럭 쓸 만한 물건들 중 하나였다.

'이 정도면 위협은 되겠어.'

검의 이름은 청명검이었다. 그것은 언젠가 검노가 지어준 이름이었다.

청색의 검신 안에는 달을 담은 듯한 기운이 서려 있었고 검을 뽑기만 해도 발산되는 예기는 주변에 노니는 나뭇잎들을 닿지 않았음에도 잘라 버릴 정도로 대단했다.

이 정도 물건이면 신물이라 표현해도 과언이 아니었지만 무생에게는 그저 지나치게 잘 드는 칼이란 인식이 깔려 있었다. 광노가 억지를 담아 흠집을 잡은 이유가 컸다.

"받아라."

"오라버니? 이, 이건……."

남궁소연은 청명검을 주춤거리며 받았지만 느껴지는 존재감에 팔을 후들후들 떨었다. 간신히 내공을 일으키고 나서야 검을 바라볼 수 있었다.

'검이… 울고 있어.'

흔들거리는 검은 그녀가 감당할 수 있는 수준이 아니었다. 무생은 잠시 그녀를 바라보다가 흔들리는 검을 잡아주었다.

'이렇게 심약해서 세상을 살아갈 수 있겠나?'

검을 잡고 바들바들 떠는 그녀가 안쓰러워 검을 잡아 진정시켜 준 무생이었다. 남궁소연은 검이 갑자기 얌전해지자 감탄하며 무생을 바라보았다.

'검이 날 인정했어.'

전설 속에서나 나오는 이야기를 실제로 겪으니 남궁소연은 도저히 정신을 차릴 수 없었다.

정신을 간신히 차리자 물결치는 감동을 느꼈다. 구명의 은혜를 입었건만 아무것도 해준 것이 없는 자신에게 이런 신물까지 준 무생이었다.

"앞으로 험한 일이 많을 테지. 그땐 주저하지 말고 그 검을 뽑거라."

"예, 오라버니."

남궁소연은 깊숙이 고개를 숙이며 감사를 표했다.

'오라버니께서는 다가올 고난을 알고 계시는구나.'

남궁소연은 자신에게 검을 준 이유는 천기를 읽어 자신을 겪을 고난에서 구하고자 함이라 생각했다. 무생은 그저 자신의 기준에 연약한 남궁소연이 살아갈 세상이 좀 험난하다 여겨 준 것일 뿐이지만 말이다.

그렇게 남궁소연의 존경심이 나날이 높아질 때 무생은 제법 큰 도시에 도착할 수 있었다.

원래 지명보다 금호(金虎)라고 더 자주 불렸다. 호랑이가 자주 목격되어서 그런 지명이 붙었는데 무림맹과 연줄이 닿은 상단이 이 도시에 정착하자 자신의 상단 이름을 금호라 바꾸었다. 다른 자들이 말하길 상단의 기세가 호랑이가 날뛰는 것

같이 무섭다고 하였다.

"이곳이 금호인가?"

"네, 상인들은 모두 알 만한 곳이에요."

"객잔이 있군. 쉬었다 가도록 하자."

무생은 면사를 쓴 남궁소연을 바라보며 그렇게 말했다. 객잔에 들어서자 점소이가 무생을 보더니 바로 이 층의 전망 좋은 자리로 안내했다.

무생은 자리에 앉아 경치를 바라보았다.

'그 강도들도 흑도무림 속 인원이라 했던가?'

무생은 무림에 대해서 아는 것이 전혀 없었다. 그나마 아는 것이 있다면 싸움질을 전문적으로 하는 자들의 군집 정도였다. 무생은 상대가 누구든 간에 이길 수는 없어도 절대 패배할 일이 없으니 관심이 없던 부분이기도 했다.

"듣고 계시나요?"

"음?"

"조금 시끄러워질 것 같아요."

주변이 조금 시끄럽기는 했다. 하지만 무생은 그다지 신경 쓰지 않았다. 오히려 시끄러운 분위기가 마음에 들었고 여관의 시설이나 가구들을 관찰할 뿐이었다.

합비로 가는 중요한 길목에 있는 도시라 그런지 객잔은 제법 규모가 컸고 그럭저럭 화려했다.

'작지만 무언가 있군.'

아무래도 무생이 득도촌에 만든 객잔에 비하면 어린아이 수
준이지만 무생은 평범한 객잔의 하나하나가 마음속에 크게 와
닿았다.

밋밋한 음식도 그저 얼얼한 고량주도 미숙했지만 그것만의
풍미를 느낄 수 있었다.

'중요한 건 맛보다는 분위기라는 건가? 한 수 배웠어.'

눈앞에 있는 어향육사는 확실히 격이 떨어진다 할 수 있었
다. 술 역시 그저 얼얼하기만 할 뿐, 깔끔함도 주향도 미숙했
다. 자신이 만든다면 금방이라도 곱절은 더 맛있는 음식을 할
수 있을 것이다.

하지만 장사는 달랐다.

무생은 이곳의 장사가 잘되는 이유는 격이 떨어지는 맛을
보충하고도 남을 북적이는 분위기라고 생각했다. 평범한 가
구, 분위기, 복장, 모든 것이 잘 어우러져 사람의 마음을 편하
게 하는 느낌을 주고 있는 것이다.

'장사는 하늘의 뜻인가? 천기라… 나도 늙은이들에게 물들
었군.'

무생이 그런 말도 안 되는 진지한 고민을 하고 있을 때 남궁
소연은 연신 주위를 경계하고 있었다. 남궁소연의 노력으로
인해 무생의 존재감은 많이 옅어졌지만 그래도 사람의 이목을
잡아끄는 분위기는 여전했다.

너무나도 수려한 외모에 압노석인 기도, 중원의 양식에는
조금 벗어났지만 고풍스러운 흑의는 그에게 너무나 잘 어울려

한 폭의 그림을 연상시켰다.

이 마을의 토박이들이나 상인들, 심지어 무림인으로 보이는 자들까지 알게 모르게 무생을 주시하고 있는 것이다.

'오라버니께서 괜찮다고 하셨지만……'

무생이 만든 면사로 얼굴을 가리기는 했지만 화경에 이른 고수의 안법은 피할 수 없을 것이다. 물론 그리 크다고 할 수 없는 중소도시에서 그러한 고수가 출몰하는 일은 없을 것이다.

하지만 얼마 전 습격도 있고 해서 남궁소연은 경계를 늦출 수 없었다.

'적어도 동생의 소재를 알 때까지는……'

멀리서 바라보면 무생과 남궁소연의 모습은 주군과 호위무사의 모습 같았다. 비록 얼굴이 가려져 있지만 단아한 선을 지닌 남궁소연이 압도될 만큼 무생은 특출 났다.

쨍그랑!!

"이따위 음식을 내오다니! 죽고 싶은 게냐!!"

"나, 나으리! 사, 살려주세요!"

"닥쳐라!"

아래층에서 소란스러운 소리가 들렸다. 남궁소연은 접시가 깨지는 소리에 검에 손을 가져다 대었지만 무생은 살짝 고개를 돌려 아래를 내려다볼 뿐이었다.

아래층에서는 금빛 자수가 새겨진 복장을 입은 남자와 그의 호위무사들이 있었는데 호위무사들 중 하나가 격분하며 검을 뽑고 있는 것이다.

"상단주이신 만복금님께서 세운 이 객잔에서 이따위 음식을 만들다니! 내 너의 죄를 묻겠다!"

"음……."

만복금은 조용히 의복의 소매를 걷어 음식을 향해 젓가락질을 했다. 입안으로 가져가 씹어보던 만복금은 부드러운 흰 천에 음식을 뱉었다. 주방에서 끌려온 주방장은 덜덜 떨면서 감히 눈을 마주치지 못했다.

"분명 너에게 객잔을 맡겼을 때 정진하지 않아 퇴보하게 되면 한 팔을 자르기로 했었다. 맞느냐?"

"나, 나으리! 하, 한 번만 용서해 주세요! 요, 요즘 고뿔에 걸린 터라……."

"약속은 약속. 넌 내 호의를 실망으로 갚았다."

만복금이 손짓하자 그의 가장 곁에 있던 냉철한 인상의 호위무사가 검을 뽑았다. 검을 내려뜨린 모습에서 예기가 흐르는 것이 일류 무사가 분명했다. 다른 호위무사들이 주방장의 오른팔을 잡고 그 호위무사가 검을 위로 올렸다.

'이 정도면 정신을 차렸겠지.'

만복금이 호위무사를 저지하려고 할 때였다.

"음식맛을 떨어뜨리는군."

무생이 끼어든 이유는 그런 단순한 이유였다. 무생에게 감흥을 준 음식, 그리고 이 분위기를 망치고 싶지 않았다.

"누구냐!"

무생은 천천히 계단으로 내려오며 만복금을 바라보았다.

만복금은 무생을 보고 보통 자가 아님을 알아차렸다. 기인은 기도를 감추고 태양혈이 두드러진 무인은 아직 무위가 낮고 야망이 높다.

사람 보는 안목이 있는 그가 보기엔 그 둘 다 무생에게 해당되지 않았다.

'평범한 자가 아니다. 무인인가?'

호위무사들도 무생의 존재감을 느껴 긴장하며 만복금 앞을 막아섰다. 만복금이 손짓하자 호위무사들이 양옆으로 비켜섰다.

"어째서 방해를 하는 것이오?"

"자네가 먼저 식사를 방해하지 않았나. 이 왈패들은 그쪽 수하들인가?"

"하하, 왈패라. 이 객잔은 내 것이오. 나는 무일푼인 이자의 솜씨를 높게 사서 객잔을 맡겼소. 처음보다 퇴보하게 된다면 팔 하나를 자르는 조건으로 말이오."

"그렇다면 내일 와서 자르게."

만복금은 자신의 많은 수하를 보고도 전혀 물러남이 없는 무생에게 위압감을 느꼈다. 하지만 결코 일개 무림인에게 지고 싶지 않았다.

만복금은 입가에 웃음을 그렸다.

"싫소만? 이 약조는 효력을 발휘하고 있소. 아니면 당신의 팔을 대신 내주는 것이 어떻소?"

분위기가 험악해지자 남궁소연이 무생의 옆에 섰다. 무생은 만복금을 흥미롭다는 듯 관찰했다. 무생은 만복금을 그렇게 바라보다가 입을 떼었다.

"그럼 어디 한번 잘라 보거라."

"오라버니?!"

만복금은 무생의 의도가 무엇인지 몰랐지만 그는 손해 보는 장사를 하지 않았다.

"그것으로는 부족하오. 애초부터 그런 약속일 뿐, 내가 이득 보는 것이 없지 않소? 이것을 능가하는 음식이라도 만들어보시오."

"재미있군."

무생은 음식에 대한 평가를 받고 싶기도 했다. 평소 그의 객잔에 온 손님은 침묵을 지키거나 가끔 졸도하기도 했으니 제대로 된 평가를 받기 어려웠다.

"좋네."

"한 팔로 요리를 할 수 있단 말이오?"

"팔을 자를 수 있기를 바라지."

남궁소연이 당황하며 무생을 막으려 했지만 무생은 조용히 남궁소연의 어깨에 손을 올렸다. 그러자 검을 뽑으려던 손이 다시 제자리로 돌아갔다. 무생은 만복금 앞으로 다가가 소매를 걷고 오른손을 들었다.

만복금은 인상을 씽그리고 무생을 노려보았지만 무생의 어떠한 의도도 읽을 수 없었다.

‘어렵군. 어려워.’

만복금은 처음으로 사람이 어렵다고 생각했다. 주위의 구경
꾼들도 있고 더 이상 물릴 수 없을 정도로 일이 커져 버렸다.
만복금은 하는 수 없이 옆에 있는 호위무사에게 고개를 끄덕
여 보였다.

호위무사의 검에 예기가 서리는 순간 빠르게 무생의 오른
팔을 향해 검이 떨어졌다. 남궁소연은 침을 꿀꺽 삼키면서 바
라볼 수밖에 없었다.

콰아앙!

“커어억!”

모두의 생각과는 다르게 상황은 정반대였다.

‘이럴 수가!’

만복금이 자리에서 일어나 주먹을 불끈 쥘 만했다. 무생에
게 검을 내려치는 순간 검이 박살 나고 막강한 반발력으로 인
해 호위무사가 일 장이나 치솟아 올랐다가 바닥에 떨어졌다.
내상을 입어 입에서 선혈이 흘렀다.

주위에는 침묵이 깔렸다. 호위무사들은 그대로 얼어버렸고
만복금은 생전 처음으로 두려움을 느꼈다. 무생도 이 사태에
당황했다.

‘음, 어째서 폭발한 거지?’

보통 검으로 무생 자신의 신체를 자르려 한다면 도저히 박
히지 않을 정도였다. 금강불괴로 보일 수 있지만 금강불괴랑
은 다른 개념이었다. 재생이 너무 빨라 상처가 날 틈이 없어

금강불괴의 특성을 띠게 된 것이었다.

'그러고 보니 강도 때도 그랬지.'

무생은 일단 아무렇지도 않은 척하며 만복금을 바라보았다.

"이런, 내가 졌소."

만복금은 패배를 시인했다. 방금 전 날아간 호위무사는 절정을 넘보는 무사로 만복금의 부친이 특별히 키운 무사였다. 상단 내에서도 가장 실력이 뛰어난 그가 저렇게 되었으니 이 자리에 있는 모두가 달려든다고 해도 상대가 될 수 없을 것이다.

'전설의 금강불괴? 아니, 이건 다르다.'

만복금은 큰 내상을 입은 호위무사를 이를 악물며 바라보았다.

"이렇게 된다면 그쪽 입장에서는 불공정한 거래겠지."

그렇게 말한 무생은 쓰러져 있는 호위무사에게로 가서 가볍게 맥을 보고 나서 혈을 짚었다.

의학을 수십 년 익히며 여러 가지 실험을 해본 무생은 자신도 모르게 자신의 선천지기를 주입하여 강제로 치료해 버리는 경지에 이르렀다.

일반적인 치료 개념이랑은 달라 화타가 온다고 해도 이해할 수 없을 것이다.

금세 호위무사는 멀쩡해졌다. 다소 안정은 취해야겠지만 움직이는 데 지장은 없었다. 그 모습을 본 만복금은 도저히 믿기지 않아 두 눈을 비벼보았다.

“이제 되었나?”

“귀인을 알아보지 못했군요. 안계를 넓혀주어 감사합니다.”

“그럼 약조대로 음식을 대접해 주도록 하지. 주방을 써도 되겠나?”

“그, 그럴 필요는…….”

무생은 다소 의자에 어정쩡하게 앉아 있는 만복금을 내려다보았다.

“약조는 약조니 말이야.”

물론 무생은 하고 싶지 않았다면 하지 않았을 것이다.

만복금이 멍한 표정의 주방장을 바라보자 주방장은 화들짝 놀라며 무생을 주방으로 안내했다. 남궁소연 역시 뒤따랐다.

“여, 여깁니다요, 나으리.”

“음, 상태가 나쁘군.”

“어쩔 수 없었습니다요! 얼마 전부터 이상한 패거리들이 난리를 부리는 바람에… 만복금 어르신이 지켜주시기는 하지만 은밀하게 재료를 상하게 하고 있습니다요.”

“왜 그런 짓을 하는 거지?”

“그, 그게… 저도 잘……. 만복금 어르신에게 원한이 있는 게 아닌가 싶기도 하고…….”

무생은 재료를 보고 그나마 나은 것들을 감별해 냈다. 상태가 나쁘지만 못쓸 정도는 아니었다. 무생이 손을 뻗자 남궁소연이 짐에서 부엌칼을 꺼내주었다.

“허억!”

범인들은 견딜 수 없는 예기가 뿜어져 나왔다. 주방장은 뒤로 주춤 물러서며 다가오지 못했다. 만복금 역시 그 광경을 보고 아연실색했다.

'내 눈이 틀리지 않다면 저건 만년한철이다. 게다가 저 정도로 잘 제련되어 있으니 가히 천하의 보검이라 불릴 만하다.'

그 천하의 보검이라는 것이 부엌칼이지만 말이다. 만약 만복금이 남궁소연의 짐 안에 있는 병장기들을 본다면 제자리에서 졸도할지도 몰랐다. 하나라도 무림에 풀리게 되면 당장 피바람이 불 것이다.

그것은 무생이 아무렇게나 던져준 남궁소연의 검이 된 청명검 역시 그러할 것이다.

무생은 부엌칼을 잡고는 마음을 가라앉혔다. 음식을 만드는 것치고는 신성하게 느껴질 정도로 경건해 보였다. 무생이 부엌칼을 쥐자 뻗어나가는 압박감은 내공을 쌓은 자가 아니고서는 버티기 힘든 것이었다.

주방장은 그 자리에서 기절한 지 오래였지만 무생은 이미 무아지경에 빠지고 있었다.

재료가 하늘로 비상하고 불길은 이상하게도 강력했다. 무생이 은연중에 내뿜는 기운은 재료를 상급으로 만들고 기름의 독소를 없앴다.

안목이 있는 사람이라면 분명 경악을 머금을 테지만 안타깝게도 그 정도의 소양이 있는 자는 이 자리에 없었다. 일반 채소라도 영약으로 둔갑되는 인외의 현장이었다.

　무생은 간단하게 동북 요리를 하기로 했다. 무생이 생각하기에 가장 보편화된 음식이라고 여겼기 때문이다.

　무생은 간단한 냉채와 볶음 음식을 만들고 차를 우려냈다. 기이하게도 낡은 주방에 있는 무생이었지만 일대종사의 기세가 우러났다.

　'다 되었군. 이곳의 분위기와 어울리지는 않겠지만 이 정도면 되겠지.'

　무생이 손수 만든 음식을 만복금 앞에 내왔다. 만복금은 긴장하면서도 달콤한 향기에 매료되었다.

　"들어보게."

　만복금은 지체없이 젓가락을 놀렸다. 입안에 들어가자 만복금의 눈에 크게 떠지는가 싶더니 온몸을 부르르 떨었다.

　"이, 이 맛은!!"

　만복금은 더없는 행복을 누리고 있었다. 음식이 입안에서 살아 춤을 춘다는 느낌을 받은 적은 이번이 처음이었다. 게다가 평소에 앓고 있던 위병의 통증이 화끈한 열기와 함께 사라져 버렸다.

　'이것은 음식인가, 영약인가!'

　만복금은 체면을 마다하고 게걸스럽게 식사를 했다. 그 모습을 본 호위무사들은 침을 꿀꺽 삼키면서도 감히 아무런 말도 하지 못했다.

　'아마 먹어보지 않으면 그 누구도 이해할 수 없을 것이 분명해.'

남궁소연도 무생의 요리에 중독되어 도저히 다른 사람의 음식을 먹을 수 없을 지경이 되었다. 무생은 그저 만복금이 무척이나 시장했구나 하고 생각할 뿐이었다.

"맛있습니다, 진정으로!"

만복금의 반응에 무생은 자신이 헛배우지 않았다고 생각했다. 만복금은 그릇을 깨끗이 비우고 차를 마신 다음 한동안 눈을 감고 음미했다. 눈을 다시 떴을 때 무생에 대한 경계나 적의심이 사라져 있었다.

"본인은 금호 상단을 책임지고 있는 만복금이라 합니다."

"무생."

"오해가 있었습니다. 이 만복금 그렇게 잔인한 사람이 아닙니다. 그저 자르는 시늉을 한 것일 뿐, 저자의 팔을 자를 생각은 전혀 없었습니다."

"미안하다는 말은 하지 않겠네."

무생이 모르는 사정이 있는 듯싶었지만 무생은 전혀 신경 쓰지 않았다.

만복금은 살짝 헛기침을 하며 남궁소연을 바라보았다.

"저 소저는?"

"내 동생……."

"호위무사……."

만복금의 말에 무생과 남궁소연이 동시에 말했다. 만복금이 눈을 깜빡이자 무생은 아무렇지도 않은 표정으로 다시 입을 떼었다.

"내 동생 겸 호위무사라고 해두지."

"그, 그렇소? 기이한 관계로군. 그러지 말고 자리를 옮기는 것이 어떻겠소?"

"음."

만복금이 앞장서서 객잔 깊숙이 들어가자 무생이 뒤따랐다. 남궁소연이 옆에 서서 무생을 바라보았다.

"위험하지 않겠어요?"

"상인이라 하니 네 집을 재건하는 데 여러모로 도움이 되겠지."

남궁소연은 무생의 말에 감동하여 무생을 바라보았다. 눈이 초롱초롱 빛나 무생이 살짝 부담스럽게 느껴질 정도였다.

'배라도 고픈 건가?'

무생은 진지하게 그렇게 고민했다. 남궁소연의 눈에 무생이 더욱 위대하게 보였다.

'오라버니께서는 몇 수 앞까지 내다보시는구나! 나를 위해서… 이렇게……'

남궁소연의 가슴이 세차게 뛰기 시작했다. 하지만 무생은 그런 남궁소연의 생각과는 다르게 순수하게 집을 짓기 위한 재료 구입이나 가지고 온 물건을 제값에 팔기 위해 상인 하나를 알아 놓으려 할 뿐이었다.

*　　　*　　　*

　금호 상단은 상행으로 그리 유명하지는 않았지만 그래도 중원에서 제법 이름이 알려져 있었다. 상단주가 무척이나 유능하기도 했지만 그보다 더한 이유는 만복금의 여동생 때문이었다.

　비록 무림에 몸담고 있지는 않았지만 무공과 지모는 능히 사봉이 아닌 오봉으로 해야 한다고 거론될 정도였다.

　"하하하, 형님께서 팔을 내미셨을 땐 심장이 떨어지는 줄 알았습니다."

　"그런가?"

　자리를 옮겨 밤이 되도록 술잔을 기울이자 만복금은 무생을 형으로 대했다. 무생이 도저히 자신이 감당할 수 없는 사람이라 여겨 품기보다는 품 안으로 들어가는 것이 옳다고 생각했기 때문이다.

　물론 무생의 인물됨도 마음에 들어 형님으로 모시겠다는 말을 먼저 했다. 외모상으로는 무생이 더 어려 보였지만 만복금은 무생의 눈 안에 쌓인 세월을 읽을 수 있어 스스로 아우를 자청했다.

　무생도 붙임성 있는 만복금이 싫지 않았다.

　술잔이 오가는 사이 답답한 것은 남궁소연이었다. 하지만 내색하지 않고 조용히 무생의 옆에 앉아 있었다.

　"그런데 어디를 가시는 겁니까?"

　"황산."

　"황산이라… 요즘 좋지 않은 때인데……."

“세상살이가 그렇지. 좋을 때를 찾아보기 힘들어.”

무생이 그렇게 말하자 만복금은 살짝 얼굴을 굳히며 입을 뗴었다.

“금호 근방에도 사파 쪽에서 파견 나온 인물들이 몇몇 있나 봅니다.”

“저번에 우릴 습격한 자들일 거예요.”

무생이 잘 이해하지 못하자 남궁소연이 귓속말로 그렇게 말해주었다. 무생은 고개를 끄덕였다.

“게다가 금호 안에서도 골치 아픈 녀석들이 있습니다. 시장 잡배 수준이기는 하나 그 세력이 만만치 않아서 뿌리 뽑기 힘들더군요. 누군가 의도적으로 세를 불려준 것 같은데…….”

“골치 아프겠군. 사람 사는 것이 그렇지 않은가.”

“그저 힘든 일이라면 참아낼 수 있겠습니다만…….”

근심 어린 표정을 짓는 만복금의 모습이 무생의 눈에 들어왔다. 무생은 무언가를 걱정하거나 누군가를 걱정한 적이 없었다. 무수한 세월을 이겨낼 방법은 혼자가 되어 어떤 일이든 몰두하는 것뿐이었다.

“자신을 걱정하는 것이 아니군.”

무생의 결론이었다. 무생이 본 만복금은 유약해 보였지만 제법 빛나 보였다. 자신이 오래전에 가졌을 감정이 그의 표정에 드러나 있었다.

콰아앙!

“만복금 나와!!”

"나와서 심판을 받아라!"

객잔이 문이 박살 나며 거친 사내들이 진입했다. 호위무사들이 검을 뽑으며 막아섰지만 삼십이 넘는 패거리를 막아낼 수는 없었다. 더군다나 그중에는 일류를 벗어난 무인까지 껴 있었다. 객잔은 순식간에 조용해지고 두 세력은 대치하기 시작했다.

건달들 중에 팔짱을 끼고 있는 중년의 남지었는데 그 기세가 무척이나 오만해 보였다. 보통 건달이 아닌, 무인의 기세가 조금은 흐르는 듯했다. 살벌한 검과 거친 무복을 입은 모습은 검수가 아닌 살수를 연상시켰다.

키가 작은 건달이 그 무인에게 포권을 취하더니 앞으로 나와 당당하게 입을 떼기 시작했다.

"이분은 산동에서 이름을 날린 고수로 냉혈살검의 검술을 사사하신 사파 신진 고수 냉소마검이시다!"

가만히 듣고 있던 남궁소연은 사파라는 말에 눈썹을 꿈틀거렸다. 만복금은 술잔을 쥐고는 한숨을 쉬었다. 무생은 잠시 시끄러운 그쪽을 바라보다가 술잔을 들이켰다.

"사람 사는 냄새가 나는군."

무생은 이런 시끄러운 분위기가 싫지 않았다.

"냉혈살검은 어린아이도 죽인다는 극악무도한 자입니다. 그의 제자라면… 악인이 분명할 겁니다."

남궁소연이 살기까지 띠며 냉소마검을 노려보았다.

'사파라, 역시 특이하고 사이한 집단이야.'

싸움질을 하다 보면 패거리가 생기게 마련이고 돈을 먹고 거대해지면 하나의 거대한 삐뚤어진 이익집단이 되게 마련이다.

무생은 무림을 그러한 형태로 이해했다. 근본은 싸움질에 있고 그곳에 돈과 명분, 각자의 정의가 담겨 있다고 생각한 것이다.

"오라버니, 제가……."

"소저께서 나서면 곤란해지지 않겠소?"

"무, 무슨……."

남궁소연은 만복금의 말에 당황했다. 무생은 잠시 냉소마검을 바라보다가 자리에서 일어났다. 무생이 보기엔 이들 모두가 삼류 깡패로 보였다.

물론 그것은 냉소마검 역시 마찬가지였다. 그 어떤 무인이와도 무생에게 위협감을 주지는 못하리라.

무생이 일어나자 만복금의 호위무사들이 양옆으로 갈라섰다. 무생을 발견한 건달들은 숨을 멈추며 식은땀을 흘렸다.

'자, 잘못 건드린 건가?'

'하지만 우리에게는 냉소마검님이 계시다!'

건달들은 침을 꿀꺽 삼키며 간신히 무생을 바라보았다.

"너, 너는 뭐하는 놈이냐!"

"감히 사파의 마검에 맞서려는 거냐!"

"다, 당장 무릎을 꿇지 못할까?"

무생에게는 어린아이의 생떼처럼 보였다. 그것은 맞는 말일 것이다. 저들과 무생의 연배 차이는 하늘과 땅 차이였으니 말이다.

"그만 돌아가라. 난 깡패 쫓는 것에는 일가견이 있거든."

"쳐, 쳐라!"

냉소마검의 뒤에 있던 건달들이 냉소마검을 스쳐 지나가며 무생에게 달려들었다. 무생은 쏟아지는 건달들의 모습을 그저 바라보고 있었다.

딱히 방어할 필요가 없었다. 삼류잡배의 주먹질이라면 느껴지는 고통도 적고 무생의 몸에 어떠한 자국도 남길 수 없기 때문이다.

건달들은 무생을 둘러싸고 마구잡이로 주먹질과 발길질을 해대기 시작했다.

'음……'

기분이 점점 불쾌해지고 있었다.

무생은 잠시 어떻게 할까 고민하다가 주먹을 쥐어보았다. 무생은 오랫동안 사람과 싸운 적이 손꼽을 정도로 적었다.

영생산의 곰과 호랑이라면 주먹보다는 도끼나 검, 활 같은 무기를 이용했고 도망치거나 숨어 있는 덕분에 잡기 힘든 것이지 막상 발견하면 사냥은 무척이나 순조로웠다.

'그러고 보니 광노가 가끔 맨손체조를 추곤 했지.'

열심히 연습하면 싸움을 잘한다고 무생을 꼬드겼지만 무생은 그저 달빛 아래서 구슬땀을 흘리며 체조를 하는 광노를 한심하다는 듯 바라보았을 뿐이었다.

"자네도 해보게. 하늘과 바다, 그리고 용을 품은 권법이네. 정
과 사를 모두 아우르지."

"바보 같은 체조로군?"

"허허허, 그런가? 뭐, 자네도 언젠가 이해할 날이 오겠지."

광노와 무생은 분명 그렇게 대화한 적이 있었다. 무생은 잠
시 광노의 체조를 떠올려 보았다.

'이렇게였던가?'

무생이 발걸음을 내딛는 순간 무생의 기세가 달라졌다. 무
생은 광노의 움직임이 머릿속에 떠올랐다. 먼 옛날 어렴풋이
본 광경이었지만 이상하게도 지금 이 순간 바로 앞에서 본 듯
이 너무나도 뚜렷했다.

발이 바닥을 쓸며 앞으로 나아갔다. 그러다가 우아한 곡선
을 그리며 비켜서고 다시금 성난 파도처럼 뻗어나갔다. 그것
은 이름 모를 보법으로 마치 만날 수 없는 구름과 파도가 만나
노니는 것같이 기이하기만 했다.

무생의 몸놀림에 깡패들이 이리저리 휘청이다가 서로 얽히
며 넘어졌다. 그 순간 무생의 주먹이 쥐어졌다.

퍼억!

정면에 있던 덩치가 큰 깡패의 어깨에 무생의 주먹이 닿았
다.

"크아악!"

깡패의 몸이 공중에서 마구잡이로 굴면서 객잔 밖으로 튕겨
져 나갔다. 나무 벽에 부딪혔지만 벽을 뚫고 나가 버린 것이
다.

그것은 무생의 의도가 아니었다. 아니, 정확히 말하자면 무
생은 지금 광노의 움직임만을 생각하며 반쯤 무아지경 상태로
움직이고 있는 것이다.

퍼퍼픽!

구름처럼 움직이고 파도처럼 몰아쳤다. 무생의 주먹은 팔방
을 점하며 완벽하게 공간을 장악했다. 삼류 무인 이하인 깡패
들로서는 무생의 주먹을 도저히 막을 수 없었다.

"저, 저 권법은 도대체……?"

"오, 오라버니!"

만복금과 남궁소연은 입을 떡하니 벌리고 무생의 압도적인
신위를 바라볼 수밖에 없었다. 무생은 마치 구름 위를 노니는
황룡 같았고 바다를 지배하는 수룡의 모습도 볼 수 있었다.

주먹은 용의 날카로운 발톱처럼 찍어 내려가다가 하늘을 휘
감는 용의 자태처럼 곱게 휘어지며 육체를 난타했다.

무생이 무아지경에 빠져 사혈을 피해갔지만 만약 무생이 사
혈을 점하고자 했다면 이 자리에 살아 있는 사람은 없을 것이
다.

삼십이 넘는 깡패가 모조리 튕겨져 나가 객잔 곳곳에 박혀
버렸다. 하지만 무생은 움직임을 멈추지 않았다. 냉소마검은
팔짱을 긴 채 그대로 있었다. 그것은 자만해서가 아니라 두려

움으로 몸이 굳어져서였다.

무생의 주먹에 황금빛 기운이 서리고 몸에 은은한 황금빛 안개가 서릴 때쯤이었다.

'음?'

무생은 몸의 활력이 충만하고 훨씬 건강해지는 느낌에 정신을 차렸다. 이런 느낌은 굉장히 오랜만이었고 쾌감까지 일었지만 무생은 인상을 찌푸렸다. 건강해진다는 것은 무생의 목표에 반하는 것이었다.

휘이익!

무생은 무의식중에 휘두르는 주먹을 간신히 멈췄다.

"허억!"

그것은 냉소마검의 코앞까지 도달해 있었다. 어마어마한 권풍에 의해 냉소마검의 얼굴 살이 떨어질 듯 떨렸고 냉소마검은 뒤로 크게 나가떨어졌다.

'젠장, 건강해지는 체조라더니 효력이 있었군. 똥 밟았어.'

무생은 질색하며 방금 전 모든 것들을 머릿속에서 떠나보냈다. 무언가 잡힐 듯한 것들이 있었지만 질색하며 생각하기를 멈춘 것이다. 그것을 잡았다가는 훨씬 더 건강해질 것이란 느낌이 강했기 때문이다.

무생은 찝찝함을 잊어버리려 고개를 들고 주위를 바라보았다가 살짝 놀랐다. 객잔이 쑥대밭이 되었고 특히 발밑의 돌바닥은 용의 비늘을 보는 것처럼 부서져 있었다.

무생은 눈썹을 찡그리며 무릎을 꿇은 채 내상을 다스리고 있는 냉소마검을 바라보았다. 단지 권풍에 휩쓸린 것일 뿐인데 냉소마검은 들끓는 내기를 다스려야만 했다.

무생은 찝찝한 기분을 털어버리려 주먹을 쥐었다가 다시 피었다. 활력이 차오른 몸은 몇 날 며칠 밤을 새도 거뜬할 것 같아 무생의 마음을 무겁게 만들었다.

기본적으로 잠이 많은 무생은 잠을 또 다른 탈출구라 여겼기 때문에 수면을 방해받는 걸 너무나 싫어했다.

무생이 이 모든 사건의 원흉이기도 한 무릎을 꿇고 있는 허약한 삼류 깡패, 냉소마검을 바라보자 이내 몸을 부르르 떨더니 입에서 피분수를 토해냈다.

안 그래도 내상을 입어 운기하려 하는데 무생의 날카로운 눈에 놀라 혈맥이 꼬여 버리고 내기가 날뛰며 장이 뒤틀린 것이다.

냉소마검은 쉽게 제압당하는 듯했다. 하지만 냉소마검이 이상해진 것은 그다음부터였다.

냉소마검의 몸이 부르르 떨렸다. 입에서는 죽은피가 줄줄 새어나왔고 두 눈의 흰자가 모두 빨갛게 충혈되어 버렸다.

"크, 크아아아악!!"

비명을 지르며 고통스러워하는 모습에 남궁소연과 만복금의 몸이 굳어졌다. 그것은 호위무사들 역시 마찬가지였다.

"마공! 서, 설마 혈……."

남궁소연은 다급히 입을 닫았다. 냉소마검의 몸에서는 어느새 핏빛 기류가 치솟고 있었다. 무림을 휩쓸었던 혈마지존은

핏빛 강기를 전신에 피워낼 수 있어 가히 무적이라 일컬어졌지만 그것과는 좀 달라 보였다.

단전의 내공이 역류하고 혈맥이 찢어지며 강제적으로 선천지기를 태우고 있는 것이었다.

그 모습을 본 무생의 눈에는 반짝이는 이채가 서렸다. 딱 봐도 죽어가고 있었고 생명의 근간이 사라져 가는 모습이었다. 눈으로 안 보이지만 무생은 감각으로 그것을 느낄 수 있었다.

'무슨 체조지?'

무생이 궁금해하며 입을 떼려는 순간 냉소마인의 온몸에서 한층 더 강력한 핏빛 기운이 폭사되더니 무생에게 달려들었다.

'저건 혈마인?!'

무림과 인연이 있는 만복금은 저러한 형태를 풍문으로 들은 적이 있었다. 혈마강기로 전신을 감싸면 모든 타격이 불허되고 한 치의 틈도 없어 만독불침의 경지에 이른다고 알고 있었다.

남궁소연도 그러한 냉소마검의 모습에 충격을 받았지만 애써 침착하려 표정을 관리했다.

"크아아아악! 죽어!!"

단전을 쥐어짜다 못해 박살 나고 혈맥이 모두 터져 버렸다. 마지막으로 생명의 근간인 선천지기를 태워 일순간 절정을 넘어서는 막대한 힘을 발휘하고 있었다.

냉소마검은 이형환휘에 가까운 모습으로 무생에게 달려들

어 주먹을 휘둘렀다.

하지만 무생은 그 주먹이 다가오는 것을 보면서도 그저 어떤 형식의 체조인지 궁금해할 뿐이었다.

콰아아앙!!

살과 살이 부딪히는 소리가 아니었다. 돌바닥이 천장으로 솟았고 객잔의 기둥이 부러져 나갔다. 자욱하게 깔린 먼지 사이로 우뚝 서 있는 유일한 존재는 바로 무생이었다.

"끄윽!! 죽어!!"

냉소마검의 오른팔은 이미 마구잡이로 뒤틀려 있었다. 냉소마검은 침을 질질 흘리며 혈마기가 담긴 왼팔을 무생에게로 휘둘렀다.

콰앙!

무생의 몸에 닿자마자 또다시 폭발이 일어났다. 왼팔이 떨어져 나갈 듯 덜렁이기 시작했다.

'저건 무생 오라버니의 폭강기? 대, 대단해.'

이미 이성을 잃은 냉소마검은 무생에게 계속해서 달려들었지만 막대한 폭발에 의해 뒤로 날아가 처박힐 뿐이었다.

피를 쏟아내는 냉소마검의 모습이 오히려 안쓰러워 보였다. 무생은 눈을 깜빡이며 그런 냉소마검을 바라보다가 진지하게 고민하기 시작했다.

'음… 잠시 생각이 길어졌군. 그나저나 피해야 하나?'

무생도 냉소마검의 공격이 자신의 몸에 닿을 때 의도치 않은 폭발이 일어나는 것을 알아차렸다. 자신의 몸에는 이상이

전혀 없고 오히려 기이하게 활력을 부여해 주는 폭발이 무척
이나 거슬렸다.

의문의 폭발이 자신에게서 일어난 일임을 깨달았다.

무생은 공격을 피하는 법을 몰랐다. 피할 까닭이 없었기에
한 번도 제대로 해본 적도, 아니 생각해 본 적 자체가 없었다.
비로소 지금 피하는 것에 대한 필요성을 느낀 것이다.

그것도 자신이 아닌 남이 불쌍해서.

'내 몸에 무언가 있는 것 같은데……'

이미 불사를 체험한 무생이니 몸 안에 그 어떤 것이 있어도
당황하지 않았다.

스윽, 스윽!

"주, 죽어!"

냉소마검이 바닥을 기어와 무생의 몸에 닿았다. 전신이 폭
사되며 그대로 자빠지며 무생을 바라보았다. 내공과 선천지기
가 모두 소모되자 혈마기가 사라지며 그의 정신이 돌아오기
시작했다.

'무슨 일인지는 모르겠지만 그 체조의 효과 같은데? 아니면
마약의 일종인가?'

그렇게 생각한 무생은 눈을 가늘게 뜨며 냉소마검을 바라보
았다. 삼류 건달답지 않게 끈기있게 달려드는 모습이 제법 마
음에 들기는 했다.

'정신 상태를 고친다면 일을 잘할 것 같기는 하군.'

그렇게 생각하던 무생은 초토화된 객잔이 눈에 들어오자 짜

중이 일었다. 어쨌든 자신이 관련되어 있는 일이니 보상은 피할 수 없어 보였기 때문이다.

'가진 걸 모두 팔아도 별 돈은 안 될 텐데?'

단검 하나만 팔아도 이런 객잔 몇 채는 지을 수 있겠지만 무생은 그러한 생각을 할 수 없었다. 무생의 표정이 점점 굳어질 때였다.

"오리버니, 그만해도 될 것 같아요!"

"사파의 인물이기는 하나 손속의 사정을 두시는 것이 좋을 것 같습니다!"

남궁소연과 만복금은 처음 보는 무생의 날카로운 모습에 두려움을 애써 감추며 그렇게 외쳤다. 지금 무생의 모습은 수라와 나찰을 연상시킬 정도로 살기가 넘쳐 보였다.

세월이 쌓은 무생의 기도는 단순한 짜증도 살기로 만들 만큼 거대한 것이었다.

"쿨럭! 속았다! 이건 그런 비급이 아니야… 쿨럭! 나의 죽음은… 쿨럭, 혀, 형님께서 복수하실 것이오! 끄으……."

단전이 박살 나고 혈맥이 끊어졌다. 게다가 선천지기까지 전부 소모해 숨이 넘어가기 직전이었다. 막 숨이 넘어가려고 할 때 무생이 다가가 주먹으로 냉소마검의 몸을 후려쳤다.

"커어억!"

바닥에 대자로 뻗어버린 냉소마검이었지만 넘어가려던 숨이 다시금 붙었다. 모두가 눈을 둥그렇게 뜨며 굳어버렸다.

"죽긴 누가 죽느냐. 객잔을 부순 보상은 해야 할 것 아닌가.

하여간 건달 놈들은……. 한 놈도 빠짐없이 몸으로 갚을 줄 알 거라."

"아……."

남궁소연은 기적을 행하는 무생의 모습에 다시금 넋이 나가 버렸다. 만복금의 표정은 극심하게 굳어 있었고 몸을 가늘게 떨고 있었다.

'죽을 것이 확실한 사람을 살려냈다?! 이 무슨?!'

방금 전 무생의 주먹질은 구명타법이라 불림이 마땅했다.

과연 화타가 저러할까? 만복금은 도저히 이해할 수가 없었다. 강제로 선천지기를 주입해 맥을 잇는 일은 그 누구도 할 수 없는 일이었다.

'저, 절대로 적으로 돌리면 안 되는 분이시다. 이분과 형제의 연을 맺은 것이 복이 될지 화가 될지 모르겠구나! 하지만 이 만복금, 평생을 두고 보며 따르고 싶다.'

무생의 모습은 가히 패도였다. 눈앞에 있는 장애를 부숴 버리는 것까지 모자라 산산조각 내버리는 용오름이었고 무림에 몰아칠 거대한 태풍이었다.

적어도 만복금의 눈에 비친 무생은 그러했다. 정작 무생은 방금 전 보았던 사이한 체조와 피하는 법을 생각하고 있을 뿐이었다.

*		*		*

냉소마검은 일류로 가는 문턱을 밟고 있지만 알려지지 않은 사파의 무인이었다.

그도 그럴 것이 검기상인의 경지에 오른 것은 근래였고 냉소마검의 별호보다는 그의 형제들과 함께 삼마괴인으로 불렸기 때문이다.

삼마괴인은 본래는 삼류무인으로 산적질이나 하며 떠돌아다니는 잡배에 불과했다. 하지만 몇 년 사이에 몰라보게 달라졌다.

그럴듯한 객잔의 방 안에 있는 중년의 남자는 바로 냉소마검의 형제들이었다.

"형님, 막내가 당했다고 합니다."

"막내가? 냉소마검으로 이름 높은 우리 막내가 어찌 당했단 말이냐!"

쥐 같은 수염이 인상적인 사내가 말하자 유난히 눈이 커 망아지 같은 인상의 사내가 믿을 수 없다는 듯 소리쳤다.

"듣기론 막내는 혈맥이 끊어지고 단전이 찢어졌는데 불과 이틀 만에 살아나 건강해졌다고 합니다."

"마, 말도 안 되는!"

곰곰이 생각하던 순수한 눈동자를 지닌 사내가 고개를 끄덕이며 입을 떼었다.

"말도 안 되는 소리! 그런 상태에서 어찌 살아난단 말이냐! 막내가 잠시 방심해서 당했지만 스스로 회복한 것이 틀림없다!"

"굉장한 고수가 있는 모양입니다! 형님!"

"냉혈살검의 비급을 배운 막내가 쉽게 당할 리 없다! 분명 복수의 칼을 갈고 있겠지. 당연하다! 우리는 위대한 혈존의 후계자다! 우리는 혈마지존의 심득을 가지고 있단 말이다!"

이들은 삼마괴인의 첫째와 둘째였다. 무림인들 인식에는 별거 아닌 사파인 정도였지만 최근 몇 차례 절정 고수를 합공으로 해치우고 마공의 경지가 점점 심후해지고 있어 제법 주목을 받고 있었다.

우연치 않게 구한 혈마존의 비급 덕분이었다. 그것이 진짜인지는 모르지만 효력은 있는 모양이다. 내공 수위가 가파르게 증가하고 검기상인을 넘어 절정 고수를 바라보고 있었다.

하지만 이들은 그것이 연공한 자의 내공을 비약적으로 올려주는 대신 선천지기를 소모하여 강제적으로 혈마기를 짜낸다는 사실을 모르고 있었다.

"그래서 막내는 지금 무얼 하고 있나?"

"그게… 개, 객잔을 고치고 있다고 합니다."

"뭐? 어째서?"

"저도 잘……. 보고에 의하면 참회의 주먹을 맞고 개과천선했다고……."

콰앙!

"미친! 우리 삼마대제 중 삼제가 어떻게 그리하고 있단 말인가!"

벌컥!

　방의 문이 열리며 몹시 살이 찐 청년이 들어왔다. 암내가 풀풀 나고 머리카락이 하나도 없는 모습은 너무나도 혐오스러웠다. 청년은 다급한 표정으로 입을 떼었다.

“어찌 된 거요? 어째서 금호가 멀쩡한 거요?”

“음, 잠시 일이 꼬인 것 같소.”

“이번 일에 돈이 얼마나 걸려 있는지 아는 거요? 만하연을 내 것으로 만들고 금호를 장악하려는 이 계획에 말이오!”

　청년은 산동과 안휘성 길목의 상도를 장악한 천돈 상단의 차기 후계자였고 막강한 자금력으로 주변 상권을 침탈하고 있는 중이었다. 그 도중에 금호가 가진 상권과 만하연의 미모에 음심을 품고 모종의 일을 계획하였다.

　‘망할 년! 감히 내 얼굴에 상처를 내다니! 이번 일이 성공하면 내 밑에 깔려 아양을 떨게 해주려 했건만!’

　청년의 말에 첫째의 눈썹이 꿈틀거렸다.

“걱정하지 마오. 이 삼마대제의 마검일제가 직접 나설 것이오! 후후후, 내 마검은 늘 피가 고프다오.”

　검을 살짝 보이며 말하는 그 모습은 가히 절대 고수의 풍모였다.

“오, 오! 든든하군! 어차피 이번 일이 성공하면 금호는 내 것이 될 터! 내 모든 지원을 아끼지 않겠소! 지금 당장 낭인무사들을 소집하도록 하지.”

　그들의 계획이 성공하는지는 두고 보아야 알 것이었다.

第七章

훈육지로

냉소마검의 본명은 춘삼이었다.

그의 이름은 아는 자는 드물었고 냉소마검도 스스로 붙인 이름이었다. 당연히 현 무림에서 냉소마검을 아는 자는 드물었다. 그가 활동하는 지역 정도는 되어야 칼질 좀 하는 사파인 정도로 인식될 것이다.

'크아아악! 차라리 죽여줘!'

춘삼은 사지를 도려내는 듯한 고통 속에서 죽기만을 바랐다. 선천지기가 폭주하며 단전과 오장육부가 찢어지고 혈맥이 모조리 끊겨가는 고통은 맨 정신으로는 감당하기 힘들었다.

폭주하는 선천지기는 기절마저 용납하지 않고 있었다. 이것은 마공으로 칭하기보다는 정파인이 말하는 사술이라 부르는 것이 적합할 것이다.

혈마지존의 비급이라고 칭하기에는 사이하고 초라한 결말이었다.

'아아!'

그때 나타난 것이 바로 무생의 황금빛이 넘실거리는 주먹이었다. 주먹은 보살의 손처럼 자애로웠고 따듯해서 절로 참회의 눈물이 새어나올 정도였다.

주먹이 춘삼의 복부를 강타한 순간 그는 새로이 태어났다.

정명한 황금빛 기운이 춘삼의 단전과 오장육부를 어루만져주자 모든 심마와 근심들이 씻은 듯 사라지고 청명지심만이 남아버렸다.

'모든 것이 내 욕심이었구나! 춘삼아! 살업을 쌓아 명성을 얻는다 한들 무엇을 얻을 수 있을까!'

춘삼이 힘겹게 눈을 떴을 때 본 무생의 얼굴은 부처의 얼굴과도 같았다.

"국이나 한 그릇 먹거라. 힘을 쓰려면 꽤나 먹어둬야겠지."

멍한 표정의 춘삼을 바라보는 무생은 무심한 표정으로 손에 든 국을 그에게 건넸다. 춘삼은 크게 감동하여 그 자리에서 무릎을 꿇고 눈물을 질질 흘리기 시작했다.

"소인 춘삼! 가르침을 뼈에 새기고 평생토록 행하겠습니다! 흐어어허헝!"

무생은 혀를 차머 고개를 서었다. 거의 실성하듯 우는 모습에 살짝 눈썹을 찌푸린 무생은 손바닥으로 춘삼의 뒤통수를 후려쳤다.

"다 먹고 저들을 도와 일하도록."

"예?"

"사지가 멀쩡하니 밥값은 해야지."

무생이 창문 너머를 가리키자 그곳에는 오와 열을 맞추며 잔뜩 긴장한 건달들이 목재를 나르며 열심히 객잔을 보수하고 있었다.

그 중심에는 날이 잔뜩 선 남궁소연이 있었다.

"으아아악! 철혈마녀님! 너, 너무 무겁습니다."

"근성으로 버텨! 정신을 가다듬어 쇠가 되는 것이다! 그리고… 철혈마녀라 부르지 마!"

"자, 잘못했습니다!"

남궁소연의 살기에 건달들은 긴장하며 감히 눈조차 마주치지 못했다. 무생의 눈에는 남궁소연의 그런 모습이 그저 귀여워 보일 뿐이었다. 그래도 가문에서 가르침을 잘 받았는지 강단이 있는 모습이 제법이었다.

"사람을 좋게 변하게 하는 것이 진정한 가르침이라고 땡중이 말했던가?"

광노를 만나기 이전에 만났던 땡중이 그런 말을 했던 것 같기도 했다. 산적들을 패대기치며 반쯤 죽여놓는 땡중 주제에 그런 말은 청산유수였다.

분명 소림이라 했던가? 무생의 희미한 기억 속에 그 이름을 들은 것 같기도 했다.

아무튼 좋은 가르침이든 나쁜 가르침이든 자신의 위주로 돌아가는 무생은 그리 공감하지는 못했지만 지금은 조금 알 것 같기는 했다.

"나쁘지 않군."

그는 통나무를 든 채로 비명을 지르는 건달들을 흐뭇한 표정으로 바라보았다.

산적이든 건달이든 건전한 노동을 할 때 사람이 되는 법이다. 어쨌든 사내라면 응당 밥값은 해야 한다고 생각하는 무생이었다.

'그럼 연구해 볼까?

무생은 느긋한 움직임으로 방을 빠져나왔다.

무생이 지금 관심 있는 것은 사파인들이 쓰는 부작용이 심한 마공들 따위였다. 남들이 꺼리는 그런 것들이야말로 무생에게는 약이나 마찬가지였다.

익히면 부작용이 심하고 목숨이 위태로워지니 얼마나 훌륭한 것인가!

'마공이라……. 당분간 지루하진 않겠어.'

문득, 이 근방에 무림서적을 취급하는 곳이 있다고 알려준 금호의 말이 생각난 무생이었다.

*　　　*　　　*

지금 금호에는 기이한 광경이 연출되고 있었다. 처음에는 객잔 주위에 의원을 보는 것으로 착각할 정도로 환자가 많더니 이틀 정도 후에 모두 일어나 반쯤 기운 객잔을 수리하기 시작했다.

삼십이 넘는 장정과 일류 고수가 열을 맞춰 객잔을 보수하는 광경은 결코 쉽게 볼 수 있는 것이 아니었다.

만복금은 하룻밤 사이에 달라진 건달들을 신기한 눈으로 바라볼 수밖에 없었다.

더욱 경악한 것은 스스로를 냉소마검이라 칭하는 일류고수가 완전한 새사람으로 바뀐 것이었다.

'설마 사파의 고수를 개과천선시킬 줄이야!'

부작용으로 볼 때 가짜가 분명했지만 그래도 혈마인이 나타난 마공을 익힌 자였다. 남궁소연과 만복금이 추궁해 보았지만 춘삼은 스스로 비급에 대한 기억이 없는 것을 자각하고는 오히려 더 당황해했다.

'이런 시기에 그런 마공이라니……. 설마 마교가 정마대전을 준비하는 건가? 그간 잔잔한 호수처럼 평화로웠건만.'

만복금의 표정이 굳어졌다.

금호 상단의 현 상태도 그리 좋지는 못했다. 그는 무림맹에 연이 닿아 있는 상단주이긴 하지만 규모가 그리 크다고 말할 순 없었다. 도처에 경쟁 상단들이 있었고 상권을 넘보기도 했다.

'아무튼 이번 일은 천돈 상단인가.'

만복금은 한숨을 내쉴 수밖에 없었다. 본래 천돈 상단과는 선대 때에는 사이가 나쁘지 않았다. 아니, 얼마 전까지만 해도 우호적인 관계라고 해도 과언이 아니었다.

본격적으로 사이가 틀어진 것은 무림맹에 속한 주요 상단에서 이 지역 상권에 대한 압박이 심해지자 상권의 방어를 위해 천돈과 금호 상단의 완전한 동맹이 체결되려고 했던 때다.

그 방법은 만하연과 천돈 상단의 후계자인 진후동과의 혼사였다.

'잘될 리가 없다는 것을 알고 있었다. 그러나 자리를 가진 것만으로도 일보 진척할 거라 생각한 것이 화근이었어. 내 하연이의 성정을 너무 몰랐구나. 그간 너무 무심했어.'

양가의 주요 인사와 식솔들이 모인 자리에서 음탕하게 손을 놀리는 진후동의 행동을 참지 못한 만하연이 난동을 피운 것이다. 정신적인 충격으로 천돈 상단의 상단주가 급사하고, 교육도 제대로 받지 않은 진후동이 상단주가 되었다.

진후동의 복수심과 탐욕은 너무나 거대해 만복금으로서도 감당이 안 될 정도였다.

"후우, 설마 무림인들까지 끌어들일 줄이야."

만복금은 지끈거리는 머리를 붙잡고는 입을 떼었다.

"하연이는 지금 어디에 있나?"

"단주님, 그것이……."

"감시를 철저히 하라고 일러두었을 텐데?"

"아가씨의 무공 실력이 워낙 출중해서 지희로서는 감당이 안 됩니다."

"끄웅, 하연아, 제발 자중하거라."

하긴, 걸어 다닐 때부터 동네 꼬마들을 들쑤신 하연이었다. 식솔들은 남자로 태어났으면 장군감이었다고 늘 말하곤 했다. 힘없는 만복금은 그렇게 혼잣말을 할 수밖에 없었다.

                    *   *   *

금호의 보물이라 불리는 만하연은 만복금에게 말은 안 했지만 늘 몰래 집을 나와 이곳저곳 쑤시고 다니기 일쑤였다. 그러다가 불미스러운 일이 있었지만 외가 집안 쪽에서 내려오는 무공을 익힌 덕분에 가볍게 물리친 그녀였다.

무공에 있어서는 절대 범재가 아니었다. 작은 키와 부족한 근력이 흠이긴 하지만 타고난 유연성으로 그것을 어느 정도 극복한 만하연이었다.

'흥, 음탕한 돼지가 나를 차지하겠다고? 어림없지! 잘생기고 차갑지만 내 여자에겐 따듯하고 날 한 손으로 제압할 정도로 능력있는 데다가 특히 웃을 때 심장이 멈출 정도로 멋있는 남자여야 해!'

그녀의 안하무인적인 성격은 식솔들에게 널리 퍼져 있었다. 만복금의 단속으로 세간에 퍼져 나가는 것은 막았지만 금호에서는 모두들 쉬쉬하고 있었다. 그래도 외모가 뛰어난 덕분에 귀엽게 봐주는 경향이 많았다.

"이거 예쁘네?"

"으앗! 하연 아가씨, 이건 안 됩니다요! 북방에서 가져온 귀한……."

"뭐야? 돈은 오라버니가 충분히 줄 거야!"

"돈 문제가 아닙니다요!"

"흥!"

하연은 보석이 박힌 팔찌를 낚아챘다가 울상인 중년의 남자를 슬쩍 바라보았다. 그냥 가지고 가려다가 살짝 인상을 찡그리고는 휙 하고 그에게 던졌다.

"쳇, 치사해서 안 가져. 그래, 돈 많이 벌어라! 그러니 그 나이에 장가도 못가지!"

"아, 아가씨?!"

하연이 사라지자 중년의 상인은 살짝 한숨을 내쉬며 고개를 저었다.

하연은 잔뜩 심통이 나 거리를 배회하다가 늘 가던 서점으로 향했다. 산동에서 들어오는 삼류 무공서 따위들을 주로 모으는 고물상이나 마찬가지인 서점이었지만 소소하게 시간을 때우기에는 제격이었다.

가끔 있는 춘화 같은 것들도 그녀의 호기심을 충분히 자극시켜 주었다.

"응?"

그녀의 눈에 한 사내가 보였다. 먼지가 깔린 책들 사이에 앉아 가만히 책을 들여다보는 모습은 한 폭의 그림 같았다. 검은 의복이 침침해 보일 수도 있겠지만 그의 모습은 오히려 신성하게 느껴질 정도였다.

"아……."

만하연은 잠시 멍한 표정을 짓다가 황급히 뒤로 돌아나가 품에 넣어놓은 조그마한 동경을 살폈다. 옷을 단정히 하고 머리카락을 넘긴 그녀는 헛기침을 하며 서점 안으로 들어왔다.

그럼에도 사내는 가만히 책장을 넘길 뿐 눈길조차 주지 않았다.

그의 주변을 기웃거리다가 자존심이 상한 만하연이 입을 떼었다.

"이봐!"

"……."

"지금 날 무시하는 거야?"

사내는 아무런 대꾸도 하지 않았다. 그녀를 전혀 신경 쓰지 않고 있었다. 하연이 손으로 사내의 책을 뺏으려 했지만 그는 간단히 일어서는 것으로 그녀의 손길을 피했다.

그는 책장에 책을 꽂아 넣고 다른 책을 꺼내 들었다. 큼직한 글씨로 절대무적파천권법이라 써져 있는 비급이었다. 딱 봐도 가짜 비급이었지만 그에게는 상관없는 모양이었다.

"야! 너……!"

그녀의 목소리가 들리긴 했지만 신경을 쓰지 않는 사내는 무생이었다. 오랜 세월 무엇인가에 몰두한 무생은 자신이 관심을 가진 것 외에는 신경 쓰지 않는 게 버릇이 되어버렸다.

'음, 굉장히 나쁘군. 나쁜 것은 나에겐 좋다는 의미지.'

필체도 알아보기 힘들었고, 내용 자체도 절대 유익하지 않았다. 기본적으로 말도 안 되는 연공방법을 제시하고 있었다. 삼류 무인이라도 코웃음을 치며 불태워 버릴 것이다.

단전으로 내기를 축적하는 건 비슷했지만 그것조차도 삼류 토납법이 이것저것 섞인 것이었다.

권법의 형은 있었으나 사람의 혈맥, 근육과 관절을 전혀 생각하지 않은 움직임이었다. 환골탈태한 화경의 고수라도 그런 움직임은 할 수 없을 것이다.

하지만 무생은 애초부터 그런 것 따위는 생각지 않고 나름 그것을 보며 고개를 끄덕였다. 득도촌에서 접한 여러 체조와 경험을 근거로 대충 움직임을 맞춰보자 수정할 점들이 머릿속에 그려지기 시작했다.

순식간에 무생의 머리에서 태극을 아우르는 권장이 떠올랐지만 무생은 금방 지워 버렸다. 자신이 바라는 것은 나쁜 방향으로의 수정이지, 긍정적인 효능을 바라는 게 아니었다. 몸이 건강해지는 방향으로의 수정이라면 사양하고 싶은 무생이었다.

'단전을 찢어버려 그 폭발력으로 한 번에 임맥을 통과한다.'

보통 그렇게 될 수가 없었고 그렇게 된다고 뇌 속에 피가 고여 잘해 봤자 주화입마에 빠지거나 이지를 상실하고 앓다가 죽어버릴 것이었다.

무생은 토납법이나 내공에 대해 몰랐지만 혈에 대한 지식이

풍부했고 아주 오래전부터 자연지기를 느끼고 있었다.

비슷한 원리로 자신의 몸을 가지고 연구한다면 몸을 해할 방법도 찾을지 몰랐다.

무생은 그간 내부에서부터 자신의 몸을 망가뜨리는 시도를 해보지 않았다는 걸 깨달았다.

"이익!!"

생각에 빠진 무생을 보며 잔뜩 심통이 난 만하연이 주먹을 휘둘러 오자 무생은 그제야 그녀를 눈에 담았다. 본래라면 피하지 않았을 테지만 저번의 그 폭발도 있고 해서 무생은 몸을 옆으로 돌려 피했다. 무생은 조그마한 소녀가 자신에게 덤비는 것에 의아했다.

"얼굴만 그럴듯한 줄 알았는데 한가락 하는군?"

무생은 그녀를 가만히 바라보다가 손을 뻗었다. 만하연은 무생이 뻗은 손이 그녀의 머리 위에 올라오자 순간 심장이 두근거렸다. 얼굴이 빨개지고 호흡이 가빠오는 순간,

퍼억!

"꺄악!"

무생이 그대로 머리를 후려쳐 그녀는 바닥에 자빠져 버렸다.

"광노가 말했었지. 예의없는 꼬마들에겐 매가 약이라고."

"무, 무슨 짓이야!"

"몇 대 더 맞아야 정신을 차리겠군."

탁!

무생은 들고 있던 책으로 그녀의 머리를 다시 쳤다. 맑고 고운 소리가 서점을 가득 메웠다. 흡사 소림에서 울려 퍼지는 타종 소리와 같았다.

만하연이 진각을 밟으며 움직임을 피하고 반격을 해왔다. 무생의 안력으로는 그녀의 움직임이 느리게만 보였다.

서책들이 흐트러지며 주위를 감쌌다. 그 속에서 만하연과 무생은 춤을 추는 듯한 움직임을 보였다.

픽.

"꺄악! 이, 이게……!"

물론 결과는 그렇게 낭만적이지 못했다.

'음…….'

무생은 책으로 그녀의 머리를 내려치면서 검노를 생각했다. 검노는 가끔 나뭇가지를 들고 느릿하게 움직이곤 했었다. 무생은 그 움직임을 안주 삼아 술을 마신 적도 있었다. 그 움직임이 떠오르자 순간적으로 무아지경에 빠져들었다.

"꺄악!"

퍼퍽!

만하연은 내공을 일으켜 방어하려고 했지만 보법을 밟을 때마다 집요하게 내려쳐지는 책이 움직임을 봉쇄했다.

검노의 심득이 여기서 펼쳐진 것이다.

"하지 마! 꺄악!"

퍼퍼퍼퍽!

"미안해요! 잘못했어요!"

무생은 눈을 깜빡이다가 손을 멈췄다.

순간적으로 검노의 움직임에 빠져 버렸던 무생은 속으로 신음성을 삼켰다.

'괜히 그런 걸 봐서 눈만 버렸군.'

눈물을 머금고 바닥에 풀썩 주저앉은 만하연을 보자 무생은 쓴웃음을 지으며 손을 뻗었다. 어린 꼬마에게 자신이 너무 심했다는 생각이 들어서였다.

"앞으로는 예의있게 굴거라."

만하연은 무생의 얼굴을 다시 멍하니 바라보다가 얼굴을 붉히면서 살포시 무생의 손을 잡았다.

'잘생기고 차갑지만 내 여자에겐 따듯하고 날 한 손으로 제압할 정도로 능력 있고 특히 웃을 때 심장이 멈출 정도로 멋있는 남자다!'

만하연은 정신이 몽롱해져 갔다.

"주인장, 이 모두 얼마이오?"

"그냥 가져가십시오. 그런 것에 돈을 받을 순 없지요."

"고맙소."

무생이 챙긴 것은 잡서 취급도 안 해주는 마공 서적들뿐이었다. 만하연은 무생이 나갈 때까지 멍한 표정으로 무생의 뒷모습을 바라보았다.

만하연이 무생을 뒤쫓았을 때는 무생이 사라진 지 한참 시간이 흐른 뒤였다.

            *   *   *

　객잔으로 돌아온 무생은 만복금의 배려로 객잔에서 며칠 더 묵기로 했다. 사파 쪽의 움직임이 있고 해서 남궁소연도 무생의 그런 결정에 동의했다.

　물론 남궁소연은 만복금이 자신의 정체를 어느 정도 짐작하고 있다고 여겨 충분히 경계를 하는 중이었다.

　무림맹 쪽에 연이 닿아 있고 인맥도 상당히 넓은 만복금이 그녀를 도와주면 분명 큰 힘이 될 테지만 사람 욕심의 무서움을 아는 남궁소연은 모든 것을 경계해야만 했다.

　다만 무생만은 제외였다. 남궁소연은 서적을 쌓아놓고 읽고 있는 무생을 따듯한 눈으로 바라보았다.

　똑똑!

　문을 두드리는 소리에 남궁소연이 검에 손을 가져다 대었다. 남궁소연의 눈이 날카롭게 떠지며 문 쪽을 바라보았다.

　"누구냐."

　"저, 접니다요! 춘삼!"

　문이 열리고 춘삼의 얼굴이 보이자 남궁소연은 고개를 돌리며 검에서 손을 떼었다. 춘삼은 광주리에 삶은 감자를 담아 가지고 왔다.

　"시장하실 텐데 드시지요."

　"보수라면 다 끝났을 텐데 왜 돌아가지 않느냐."

　"저, 저는 새로운 사람으로 다시 태어났습니다요! 주군 곁에서 주군을 보필하고 싶습니다!"

무생은 책장을 덮고는 춘삼을 바라보았다. 무생이 자신을 바라보자 춘삼은 침을 꿀꺽 삼키고는 눈을 마주치지 못했다. 무생의 압도적인 모습을 그는 분명 기억하고 있었다.

"오라버니, 사파인들은 믿어선 안 됩니다."

"기회를 주십시오! 주군!"

무생은 뜻밖의 상황에 가만히 있을 뿐이었다.

"절 한 번만 믿어주십시오!"

춘삼뿐만 아니라 삼십여 건달 역시 객잔 주위를 떠나지 않고 있었다. 무생의 주먹에 실린 특유의 정명한 선천지기가 그들의 몸속에 쌓인 사이한 탁기를 없애 버려 정신만큼은 도가의 입문에 발을 들여놓은 것이다.

실제로 색욕을 일삼던 한 건달은 자신의 지난날을 참회하며 금식하고 눈물을 흘리고 있었다. 자신이 부끄러워 자결을 한다고 날뛰던 건달 또한 있었다.

콰아앙!

무생이 뭐라 입을 떼려고 할 때 굉장한 소음이 들려왔다. 갑작스러운 상황에 객잔 밖으로 나오자 상처를 입은 만복금의 호위무사가 발을 절뚝거리며 무생 앞에서 쓰러졌다.

"이게 무슨?"

"크윽, 암습입니다. 상행을 나간 사이에 암습이… 주군께서 위험……."

무생이 차분하게 혈을 점하자 숨을 헐떡이던 호위무사의 안색이 눈에 띄게 좋아졌다. 멀리서 화염이 솟구치는 것이 보였다.

남궁소연은 그 광경을 보자 안색이 파리해졌다. 잊을 수 없는 광경이 떠올랐기 때문이다. 무생 역시 표정이 좋지 못했다.

'아직도 변하지 않는군.'

산적이 민가를 습격하고 불을 지르거나 병사들이 마을 하나를 통째로 없애는 것을 보아왔다. 많은 세월을 살았어도 잊을 수 없는 기억의 일부였다.

지금은 희미해진 기억이지만 무생은 분명 고통에 좌절했었다. 차라리 그때 죽었다면 좋았을 것이다.

광노가 말했다. 인간과 세상은 늘 똑같고 단지 형태만 변하는 것이라고.

무생은 그 말이 사실임을 알고 있었다.

"꺄아악!"

"부, 불이야!!"

싸움은 내키지 않는다. 승패를 모르는 싸움이라면 무생은 지루함을 달래기 위해서라도 한바탕했을 것이다. 하지만 싸우기도 전에 승패는 정해져 있었다.

죽고 사는 것은 늦거나 빠르거나의 차이였다. 무생이 구한다고 해도 결국 죽을 것이다. 그렇기에 의미가 없지만 불길이 치솟는 마을을 보며 무생은 자신에게는 없는 의미를 찾았다.

만복금이 마음에 들기는 하였으나 그것뿐이었다. 마음에 들지 않는 곳에 뛰어들 만큼 흥미가 있는 것도 아니다. 움직일 이유가 없었다. 가만히 있어도 폭행은 알아서 잠잠해지고 사라질 것이다.

많은 자들이 희생되겠지만 그렇게 따진다면 지금 이 순간에도 누군가는 죽고 있다.

"오라버니!"

남궁소연의 다급한 표정이 보였다. 순수하게 그들을 걱정하고 있는 것이다. 그런 힘든 일을 겪고도 저런 순수성을 잃지 않는 남궁소연이 무척이나 신기했다.

'나는 이미 인간성을 잃은 건지도 모르겠군.'

불로불사인 자신을 인간이라 부를 수 있을까?

무생은 깊은 숨을 내쉬고는 상념을 털어냈다. 깊게 생각할 일이 아니다. 그저 마음이 내키는 대로 하면 그만인 것이다.

'내가 깊게 생각한 적이 있었던가?'

스스로가 그런 고민을 하고 있던 것이 우습게 느껴졌다.

'그 늙은이들이 여기 있었다면 충고를 해댔겠지.'

인자한 모습의 득도촌 늙은이들이 생각나자 무생은 고민을 멈췄다. 이제는 더 이상 망설임 없이 금호 상단의 본거지를 향해 달리기 시작했다.

남궁소연이 무생의 뒤를 따랐다.

*　　　*　　　*

천돈 상단의 주인인 진후동은 막대한 자금을 들여 낭인들을 모집했다. 절정 고수가 틀림없는 마검일제와 삼십이 넘는 낭인들은 그의 재산 대부분을 써서 영입한 자들이었다.

하지만 이는 결코 손해라 부를 수 없었다. 투자였다. 독점만을 원하는 무림맹에서 지역 상권을 생각하는 금호 상단은 달갑지 않은 상대였으니 자신이 금호를 처리하고 무림맹과 공생을 꾀한다면 분명 투자한 금액을 환수하고도 남을 것이다.

두 절정 고수와 낭인들을 데리고 몸소 금호에 당도한 진후동은 금호 상단의 본가가 보이자마자 지체없이 모두 없애 버리라는 명을 내렸다.

"만하연은 생포해!"

낭인들은 왜인지 낭인들 같지 않은 빠른 움직임으로 금호를 향해 뻗어가기 시작했다. 그 모습에 두 절정 고수가 흠칫 놀랐지만 태연한 척하며 뒤를 따랐다.

'역시 돈이 최고야!'

구하기 힘들다는 벽력탄도 이상하게도 어렵지 않게 구할 수 있었다. 진후동은 모두 자신의 인덕이 대단해서라고 생각했다.

"꺄아악!"

"불이야!!"

관군들마저 뇌물을 먹인 덕분에 별다른 칼부림 없이 본가 앞까지 진격할 수 있었다. 불길이 타오르고 사람들이 비명을 지르자 만복금과 만하연이 호위무사를 전부 이끌고 그들을 맞이했다.

“후후, 개미처럼 기어 나오는 구나! 나는 마검일제다! 내 검이 두려우면 무릎을 꿇고 항복해라!”

고수의 풍모를 보이며 검을 뽑는 그의 모습은 긴장감을 가져다주었다. 어딘가 부족함이 느껴지기는 하였으나 내공으로 일으키는 기세만큼은 역시 절정 고수였다.

“나는 검마신군! 형님이 나서기 전에 모조리 베어버릴 것이다!”

두 절정 고수의 모습은 위협적이긴 했으나 만복금의 눈에는 양옆에 흩어져 있는 낭인들이 더욱 위험으로 다가왔다. 무언가 심상치 않은 기운을 감지한 것이었다.

복장은 허름하고 차고 있는 검도 낭인들이 즐겨 쓰는 종류였지만 감정이 없는 눈빛은 결코 낭인들이 지닐 수 없는 것이었다.

“흐흐흐, 모두 모여 있군. 만하연, 네년이 화를 자초한 것이다. 순순히 내 수청을 들었다면 잘 대접해 주려고 했거늘!”

“이런 입만 산 돼지 새끼가! 오냐, 내 손수 네 비계를 회 떠주마.”

“히익! 뭐, 뭣들 하느냐! 쳐라!”

만하연은 결코 만만한 상대가 아니었다. 무림과 연이 그다지 없음에도 미모와 무공의 뛰어남은 익히 알려져 있었다. 그녀의 살기 어린 외침에 겁을 먹은 진후동은 손을 바들바들 떨며 외쳤다.

“오라버니, 피하세요.”

"아니다, 하연아. 금호를 저런 놈에게 넘길 수는 없다. 내가 피한다면 패배나 다름없는 것이야."

"하지만 오라버니는 엄청 약하잖아요!"

"그, 그래도……!"

쉬이이익!

암기가 날아오자 만하연이 허리를 비틀며 발로 암기를 쳐냈다. 사혈을 노리는 날카로운 암기술에 만하연은 당황할 수밖에 없었다.

'일반 낭인들이 아니야!'

만하연이 주춤거리자 두 절정 고수와 낭인들이 달려들기 시작했다.

마검일제가 만하연에게 붙으며 검을 휘둘렀다. 검기를 발하는 모습은 절정 고수의 풍모를 보여주었다.

휘익!

만하연은 허리를 비틀어 검을 피하면서 침착하게 보법을 밟았다. 상대가 절정 고수임을 알고 있었지만 기이하게도 그의 검은 서툴렀다.

'이자, 어딘가 이상해.'

절정 고수는 신검합일을 이루어 하수로서는 절대로 그 틈을 찾을 수 없다고 한다. 만하연은 자신이 절정 고수인가라고 생각해 보았지만 고개를 저을 수밖에 없었다.

'잘하면 반격을……!'

만하연의 매끄러운 움직임에 인상을 구긴 마검일제는 검을 크게 치켜들었다.

"이 미꾸라지 같은 년!"

"형님! 제가 돕겠습니다."

검마신군까지 합세하자 만하연은 급격히 불리해졌다. 움직임이 서툴기는 하나 둘의 내공은 절정 고수였고 만하연은 아직 절정 초입에도 못 들었기 때문이다.

외가의 무공은 권과 검, 창을 아우르는 실전 무공이었다. 심법과 보법은 잘만 연습한다면 일류의 경지를 밟을 수 있지만 잡다하다고 표현할 수 있는 무공은 그 극의를 보기 힘들었다.

'웃! 내공이……!'

호흡법과 움직임이 불일치되는 순간 만하연의 집중력이 급속도로 떨어졌다. 쏟아지는 두 개의 검을 보법을 밟으며 간신히 피했지만 반격은 엄두도 내지 못했다.

다재다능하나 절정에 이를 수 없는 치명적인 약점을 가진 무공이었다. 이를 극복하려면 좋은 스승과 영약, 그리고 상승 무공이 필요할 것이다.

"잡았다!"

"꺄앗!"

마검일제의 검이 만하연의 어깨에 닿았다. 호신갑을 입어 어깨가 잘려 나가는 것은 면했지만 큰 내상을 입을 수밖에 없었다.

"만하연은 죽이지 마오! 그년은 내가 손봐줄 거요!"

"흐흐, 상단주, 어지간히 이년이 마음에 드는가 보오?"

"후후, 질리면 마검일제, 당신에게 넘기도록 하지."

"이 몸이 안기에도 충분한 미색이오, 하하하하!"

벽에 처박히며 거친 숨을 내쉬는 만하연을 바라보는 진후동의 얼굴에는 음욕이 가득했다. 호위무사와 함께 낭인들을 상대하는 만복금의 상황도 다르지 않았다.

'강하다. 이자들… 보통 낭인무사가 아니다.'

만복금이 대동한 호위무사는 모두 정예로, 못해도 이류에서 일류에 닿은 자들이었다. 그리고 가장 뛰어난 호위무사, 자성이 초입이기는 하나 절정 고수였으니 계산으로만 본다면 낭인무사 정도는 어렵지 않게 방어해 낼 무력이었다.

하지만 상황은 달랐다.

서걱!

"크윽!!"

검은 옷을 입은 낭인무사들은 기묘한 합격진으로 호위무사의 숫자를 줄여갔다. 그들이 무서운 점은 본 실력을 내지 않고 있다는 점이었다.

'심상치 않아! 이건……!'

낭인무사들 중에서 검은 삿갓을 쓴 무사가 만복금에게로 걸어왔다. 그자는 주위의 호위무사들은 신경도 쓰지 않은 채 검을 내려뜨리며 걸어오고 있는 것이다.

분위기 자체가 달랐다. 내뿜는 살기는 아지랑이로 느껴질 만큼 대단했다.

"상단주님, 피하십……."

“거기 서……!”

서걱!

붉은 섬광이 치솟더니 순식간에 만복금 앞을 막아서던 두 호위무사의 몸이 두 조각나 버렸다.

단 일 검에 두 호위무사가 베어진 것이다. 어떻게 검을 발하는지조차 보이지 않았다. 만복금은 눈을 크게 뜨며 이 전율에 가까운 광경을 직시했다.

'화경의 고수!'

태어나서 처음 보는 화경의 고수는 아니었지만 멀찍이서 구경하듯 본 일이 전부였다. 실제로 그 정도 되는 고수의 진면목을 본 것은 이번이 처음이었다.

어째서 일당백의 말이 나왔는지 죽음을 눈앞에 두고서야 이해가 되는 만복금이었다.

'어째서 이런 자가!'

화경의 고수는 만복금 앞으로 다가와 그의 어깨에 검을 찔러 넣었다.

“크윽!!”

“그자는 어디 있지?”

“누, 누구를 말하는 거냐!”

“폭강기를 쓰는 고수.”

“무슨……!”

간신히 몸을 일으킨 만하연이 죽은 호위무사가 떨군 검을 들고 화경의 고수에게 달려들었다. 만복금의 눈에 그 모습이

들어오는 순간 다급히 입이 떼어졌다.

"안 돼! 도망가!"

"오라버니!"

쉬이익!

무서운 검법이었다. 만복금은 그의 어깨부터 손까지 뱀이 되는 것을 보았다. 채찍처럼 잔상을 그린 그의 검은 간단히 만하연의 검을 두 조각내고 그녀의 목 앞까지 당도했다.

"검… 강?"

의외의 사태에 진후동과 두 절정 고수는 눈을 껌뻑일 수밖에 없었다.

"마, 만하연은 건들지 마시오! 돈은 충분히 드렸잖소!"

화경의 고수는 오직 만복금만을 바라볼 뿐이었다.

"분명 그자는 금호에 있다."

만복금은 무생이 생각났지만 고개를 저었다. 만복금은 죽음보다 신용을, 신용보다는 의리를 지키는 남자였다.

"나는 모른다."

"이 여자의 목이 떨어지는 걸 보고 싶은 거냐?"

작은 목소리로 말하는 그의 목소리에 만복금은 몸을 떨었다. 치명적인 강기가 만하연의 목에 닿으려 할 때였다.

서걱!

갑작스럽게 날아온 검기에 화경의 고수는 검을 휘둘러 검기를 상쇄했다. 자신의 내공에 대항하는 예기를 느끼자 살짝 눈이 떠진 화경의 고수가 놀란 눈으로 검기의 주인을 바라보왔다.

달빛을 반사시키며 청색의 예기를 발산하고 있는 검이 있었다. 그 검의 주인은 남궁소연이었다. 그리고 그 뒤에서 달려온 무생이 모든 광경을 눈에 담았다.

"어디서 온 강도들이냐?"

무생의 목소리는 작았지만 모든 이들이 들을 수 있었다. 그와 동시에 소름을 돋게 했다.

오싹!

무생의 세월을 담은 날카로운 눈은 일류 무사라도 감당해내기 어려웠다.

혈향은 과거의 향수를 불러일으킨다.

피어오르는 불길 속에서 무생은 처음으로 과거의 망령에 대항하기로 마음을 정했다.

# 第八章

무생 싸우다

"넌 뭐냐!"

"혀, 형님 심상치 않아 보이는데요?"

"크흠……."

진후동과 두 절정 고수는 무생의 모습에 긴장했지만 낭인들은 아니었다. 남궁소연은 자신의 무공을 드러내지 않으려 최소한의 움직임을 보여주었다.

남궁세가의 검법을 쓰면 정체가 탄로나 검을 잡을 때 기초 다지기로 배운 삼재 검법을 섞어 써야 하지만 청명검을 가지고 있으니 웬만한 절정 고수는 쉽게 막아낼 것이다.

'이것이 청명검……!'

남궁소연은 놀라는 중이었다. 내공이 정순해졌을 뿐만 아니라 검기의 예기도 훨씬 날카로워졌다. 일반 검은 분명 상대조차 되지 않을 것이다.

티이잉!

내공이 주입되자 맑은 검명이 주위에 울려 퍼졌다.

"네가 폭강기의 주인인가?"

"평범한 강도는 아니군."

"그렇다면……."

무생의 눈에 화경의 고수가 남궁소연을 노리는 것이 보였다. 무생을 주시하면서도 남궁소연을 신경 쓰는 기색이 가득했다. 무생은 화경의 고수가 금호 상단에 목적이 없음을 알아차렸다. 이들은 남궁소연을 쫓는 자들이 분명했다.

"아, 당신은……!"

한편 만하연은 무생을 바라보며 넋을 잃었다. 꿈에서나 나올 법한 상황이었다. 정신이 몽롱해지고 무생의 모습이 아름답게 빛나 보였다. 내상을 입고 이런 살기 어린 장소임에도 불구하고 말이다.

"낭군님!"

"무슨?"

만하연이 멍하니 그렇게 말을 내뱉자 남궁소연이 인상을 찡그리며 만하연을 바라보았다.

"오라버니, 대체……?"

"크흠!"

남궁소연의 말을 끊은 것은 화경의 고수였다. 그제야 남궁

소연의 정신은 다시 현실로 돌아와 검을 다잡았다. 무생은 가
만히 화경의 고수를 바라보며 입을 떼었다.

"저 꼬마와 만복금을……."

"알겠어요! 제가 저들을 맡을게요."

무생은 피해 있으라고 말하고 싶었지만 남궁소연이 그렇게
말하고는 만하연을 지나쳐 만복금의 앞에 섰다.

"소저, 괜찮겠소?"

"저 고수는 오라버니가 맡으실 테니 괜찮을 거예요. 그나저
나 저 꼬마는 대체 누구죠?"

"내 동생이오."

"누가 꼬마… 쿨럭……"."

그 나이치고는 작은 체구 때문에 남모를 고민이 있었던 만
하연이었다. 만하연이 발끈하다가 기침하며 피를 흘렸다. 거
칠게 소매로 닦고는 고양이 같은 눈으로 남궁소연을 노려보다
가 다시금 검을 들었다.

"당신이나 신경 써! 아줌마."

"이 꼬마가……!"

전장의 상황은 다소 정신이 없었다. 진후동과 두 절정 고수
는 마치 자신들이 방관자라도 된 것처럼 눈만 깜빡이고 있을
뿐이었다.

바로 그때 화경의 고수가 무생에게 검을 겨누자 낭인들 역
시 모조리 무생의 주위를 포위했다.

"뭐, 뭐하는 거냐! 만복금을 죽이고 만하연을 잡으란 말이야!'

마검일제와 검마신군은 헛기침을 하며 검을 뽑고 만하연이 있는 쪽으로 다가갔다. 진후동만이 가운데에 남아 있을 뿐이었다.

무생은 화경의 고수를 바라보았다. 화경의 고수와 삼십의 낭인무사는 합격진을 형성하며 무생을 무형지기로 압박했다. 하나 무생이 실질적으로 느끼는 기운은 존재하지 않았다.

"과연! 폭강기를 다루는 고수답군. 하나 적마삼십일격합격진을 대적할 수 있을까!"

삼십인은 무생의 주위를 돌며 화려하게 보법을 밟아갔다. 그들이 내뿜는 기운이 무생에게 쏟아져 내려 무생을 압박했지만 무생은 그저 공기가 조금 무겁다고 느낄 뿐이었다. 불편한 느낌이 싫지 않았다.

"살!!"

서로의 몸이 교차하더니 잔상을 그리며 빠르게 검을 찔러왔다. 팔방을 점하며 찔러오는 검은 화경에 든 고수라고 하더라도 쉽게 막아낼 수 없는 움직임이었다.

본래 고수를 척살하기 위해 만들어진 합격진이기 때문에 막아낸다고 하더라도 언젠가는 지쳐 죽을 것이 분명했다. 일반 고수라면 말이다.

그러나 무생은 팔방에서 날아드는 검을 굳이 피할 필요를 느끼지 못했다.

그리고 이내,

콰아아아앙!!

무생의 선천지기와 충돌한 검기가 폭발을 일으켜 주변을 휩쓸었다.

"크아아아!"

"커어어억!"

"폭강기!!"

회오리를 그리며 뻗어나가는 폭발은 가히 용오름을 방불케 했고, 이를 본 화경의 고수가 간탄을 내뱉었다.

"진을 재정비하라!"

화경의 고수는 노련하게 무생을 관찰했다. 그러다가 품에서 암기를 꺼내 힘있게 무생에게 던졌다. 무생의 어깨에 맞고는 그대로 떨어진 암기를 바라본 그는 입을 떼었다.

"내공에 저항하는 호신강기인가! 모두 검기를 지워라!"

화경의 고수는 무생의 폭강기가 일반 호신강기와는 다른 성질의 것임을 알아차렸다.

호신강기에 대항하는 것은 오로지 같은 강기였다. 안타깝게도 그가 데려온 삼십의 고수는 검기상인의 경지를 넘었지만 화경에 이르지는 못했다.

'이만한 고수가 있을 줄이야.'

검기를 지우자 합격진의 기세가 누그러지기는 했지만 무생의 피부에 검이 닿기 시작했다. 무생은 옷이 베어지자 움직이기 시작했다.

"너희는 날 죽이지 못해."

그것은 절대적인 진리였다. 그것을 바꾸는 것이 무생이 원하는 일이었다. 하지만 이들은 자격이 없었다.

"결과는 이미 정해져 있다."

무공을 모르는 무생의 움직임은 단순했다. 몸에 닿은 검을 무시하며 두 손으로 한 놈을 잡고 후려치는 것이다.

퍽!!

잡고 후려친다. 단순한 동작이었다.

목을 잡아 바닥에 내려찍고 발로 머리를 밟았다. 하지만 결과는 단순한 것이 아니었다. 하나하나씩 졸도하거나 목숨을 잃었다.

쏟아지는 검이 마치 내리는 소나기처럼 느껴졌다. 무생은 쏟아지는 검우 속에서 손을 뻗어 잡고 후려쳤다.

"컥!!"

적의를 담은 무생의 주먹에는 늘 넘쳐흐르는 선천지기가 담겨 있어 그들의 내부를 진탕으로 만들었다. 그리고 그것은 정순하지 못한 내공에 치명적인 위력을 자랑했다. 소림에서조차 발하기 힘든 정순한 공력이었다.

게다가 그동안 단련된 무생의 근력은 내공이 없더라도 철을 박살낼 만큼 대단했다. 수백 년간 쌓아올린 근력의 한계는 절정 고수라도 쉽게 볼 수 없는 것이었다.

아마 외공에 극의를 이룬 고수로 보일 것이다. 그의 신체가 극의에 닿아 있는 것은 맞는 말이었다.

"그, 금강불괴!"

무생은 저들의 움직임을 관찰하기 시작했다. 영생산에서 단련된 그의 안법은 저들의 움직임이 모두 멈춰 보일 만큼 대단했다.

'단전에서 혈맥을 타고 오르는 것이 내공인가? 내공이 육체 능력을 끌어 올려주는 것이군. 저것이 무공……'

삶을 이어오고 여러 극의를 보면서 무생은 어떤 기운의 흐름을 본능적으로 느낄 수 있었다.

이곳에 있는 모두는 단전을 바탕으로 힘을 끌어 올리고 있었다.

무생은 오후에 접한 가짜 무공서와 삼류 무공서를 떠올려 보았다. 다른 점이 있지만 모두 단전에 축기를 하고 그것을 바탕으로 무공을 쓴다고 말하고 있었다.

단전과 내공, 그리고 혈맥을 이용하는 싸움법이 바로 무공이었다. 그것을 깨닫는 순간 무생은 자신도 무공을 쓸 수 있음을 처음으로 알았다.

무공은 매우 간단한 원리로 발해지는 것이었다.

휘익!

쏟아지는 검들은 무생의 몸을 휘청거리게 할 만큼 강한 힘이 담겨 있었지만 무생은 어떠한 상처도 입지 않았다. 끊임없이 솟아오르는 활력은 지치는 것조차 허락하지 않았다.

'끝이 없겠군.'

무생의 주먹을 그들이 피하기 시작했다. 내공을 다루지 않는 무생의 움직임은 절정 고수가 그럭저럭 피할 만했다. 형이 없고 단순한 마구잡이식 움직임이여서 충분히 예상할 수 있는 것이다.

그들이 침착하게 진을 짜며 대항해 오자 무생은 일반적인 수세에 몰리기 시작했다.

하지만 결과는 여전히 변함이 없었다.

휘리릿!

무생의 오른쪽 눈을 향해 검이 찔러 들어왔다.

팅!

망막에 닿은 검이 그대로 튕겨져 나가자 상대는 크게 당황한 눈치였다. 무생은 또다시 얼굴을 찔러오는 검을 향해 입을 벌렸다.

'한 놈 잡았다.'

그대로 검을 물어버리고 당황한 상대를 발로 후려 찼다.

"커억!"

그대로 입을 다물어 검을 박살 냈다. 검 조각을 뱉어내는 무생의 모습은 그들에게 색다른 공포를 선사해 주었다.

'괴물!'

말 그대로 괴물 그 자체였다.

무생은 처음으로 내공의 필요성을 느꼈다. 무생은 일반인에 비교할 수 없을 만큼 날렵했고 강한 근력을 지녔지만 절정 고수에게는 비교되지 않았다.

내공이란 것이 신체 능력을 끌어 올려주고 불가능을 가능케 해주는 것으로 보였다.

'단전에 축기하여 한 번에 비틀어 짠다.'

사이한 삼류 무공서에 적힌 구절이라 보통 무림인들이 시전한다면 당장 단전이 찢어지고 주화입마에 걸려 폐인이 될 테지만 안타깝게도 무생의 단전은 절대 찢어지지 않았다.

일반인이었다면 전신 혈맥이 팽창해서 터져 버릴 만큼 무생은 선천지기를 끌어 올려 단전에 때려 박았다.

"흐읍!"

그저 주위를 향해 빙출되기만 하던 선천지기가 처음으로 무생의 의도대로 단전으로 쏟아져 갔다.

무생은 속이 조금 불편해짐을 느끼고는 미소 지었다. 몸이 불편하다는 느낌을 받은 것은 아득히 먼 옛날 불사지체가 된 이후 처음이었기 때문이다.

내공의 고수라도 주화입마에 걸릴 만큼 무생의 내기운용은 무식했다.

두드드드! 퍼석!

무생의 밟고 있던 돌바닥이 박살 나고 먼지가 주위로 비산했다. 검을 들고 접근하던 이들이 튕겨져 나가며 바닥을 굴렀다.

막대한 무형지기가 무생의 주위에 펼쳐졌다.

"무, 무슨?!"

화경의 고수는 당황하며 진을 재정비하란 지시를 내리지 못했다.

눈앞에 있는 고수는 역시 보통이 아니었다. 갑작스럽게 방출되는 막대한 무형지기는 이미 형상화된 지 오래였고 더욱 무서운 것은 여태까지 단 한 번도 내공을 일으키지 않았단 사실이었다.

무생의 머릿속에는 낮에 암기해 놓았던 허황된 구절과 움직임이 이미 떠올라 있었다.

'이렇게 하면 되나?'

무생은 삼류 무공서에 아주 간단하게 써져 있는 구절을 상기시키며 단전에 있는 내기를 한순간에 폭발시켰다. 온몸이 폭발해도 이상하지 않을 상태였지만 무생의 내부는 계속해서 질주할 뿐 변화가 없었다.

애초부터 무생의 혈맥은 막힘이 없었고 무생의 한계를 모르는 선천지기는 무생이 다치는 것을 바라지 않았다.

'주먹을 던지듯이 내지른다. 이것이 바로 하늘을 무너뜨리고 땅을 박살 내는 천하제일절대무적권법의 일초식 파천일장.'

있을 수 없는 움직임을 설명해 놓은 글귀들이 머릿속에 떠올랐다.

어린아이라도 비웃을 만한 글귀였지만 무생은 자신의 몸에 맞게 약간의 수정을 가한 다음 그대로 행하였다. 전신의 근육과 뼈들이 무생의 의지대로 움직이기 시작했다.

모든 것이 준비되었다.

온몸 안을 미칠 듯이 질주하던 내기들이 무생의 단 한 번의 주먹질에 모조리 방출되었다.

콰아아아아앙!!

“읏?”

엄청난 반발력에 무생의 몸이 뒤로 크게 날아가며 벽을 뚫고도 한참 더 나가 건물에 처박혔다.

두드드드드!

금호 상단의 별관 건물에 무생이 직격하자 한순간에 별관이 무너져 버렸다. 퍼져 나가는 건물의 모습은 가히 끔찍한 위력이었음을 알려주었다.

‘권강을 저런 식으로……?! 무슨 말도 안 되는 무공이란 말인가!’

눈앞에서 본 위용은 믿기 힘든 것이었다. 권을 쓰는 자에게 불리한 거리였지만 이자에게는 무의미한 것이었다.

화경의 고수는 신음성을 삼켰다.

덜덜덜!

일대의 모든 이가 몸을 떨었다.

하지만 그 누구도 무생이 날아가 처박히는 것을 보지 못했다.

무생이 이형환휘로 보일 만큼 워낙 빠른 속도로 처박힌 것도 이유가 있었지만 주된 이유는 그가 내지른 주먹이 만든 광경 때문이었다.

간단히 내지른 주먹에 열이 넘는 무사가 곤죽이 되어 바닥에 싸늘하게 흩어져 있었다. 온전한 곳을 찾기 힘들 만큼 몸이 터져 나가며 즉사했다.

화경의 고수는 자신의 뺨에 난 생채기를 만져 보았다. 권장

의 발함을 전혀 느낄 수조차 없는 그였다. 그는 간신히 떨리는
얼굴을 돌려 뒤를 바라보았다.

"허억!"

금호 상단의 본가는 상당히 규모가 있었다. 최근 최고의 장
인들을 불러 화려하게 지은 사 층 구조의 건물은 이 근방에서
는 잘 볼 수 없을 정도로 거대한 규모였다.

별관을 무너뜨리고 끝난 것이 아니었다.

별관을 넘어 본관까지 이르러 본관의 한가운데가 아주 깔끔
한 원을 그리며 뚫려 버린 것이다. 뚫은 원 사이로 청명한 보
름달이 보였다.

"꿀꺽!"

진후동, 그리고 마검일제와 검마신군은 침을 꿀꺽 삼키며
몸을 덜덜 떨었다. 태연한 척 웃으려 했지만 이미 그들이 잡고
있는 검은 엄청나게 떨리고 있었다.

"혀, 형님, 도, 도망가죠!"

"크, 크흠, 그, 그러자꾸나."

잠시 정적이 내려앉을 때였다.

"우아아아아!! 악적들을 쳐부수자!"

"주군과 철혈마녀를 지켜라!!"

주먹에 붕대를 감고 나타난 삼십 인의 건달이 멍하니 있던
진후동을 후려쳤다.

"커, 커억!"

진후동이 바닥을 구르자 모두들 당황하며 건달들을 바라보

왔다. 가장 당황한 것은 마검일제와 검마신군이었다.

"마, 막내야?"

"한때는 형님들이었기는 하나 주군을 위해 충성을 바친 몸! 이 아우를 지옥에 가서 용서하시오! 정의구현을 위해 악은 모조리 배제되어야 하는 법! 모두 악적을 처단하라!"

"말이 좀 이상한… 잠깐!"

삼십이 넘는 건달이 진후동과 마검일제, 검마신군을 향해 무차별적으로 달려들었다.

"악을 멸하라!!"

"정의를 위해!"

건달들의 기세는 하늘을 찌를 듯했다.

마검일제와 검마신군은 절정에 이른 무인답게 검을 뽑아 대항하려 했지만 남궁소연과 만하연이 끼어들었다.

"철혈마녀가 우리를 돕는다!"

그런 외침에 남궁소연의 눈썹이 찡긋했다.

"그런 별호로 부르지……."

"철혈마녀? 아줌마랑 어울리네."

남궁소연의 말에 만하연이 약을 올리듯이 그렇게 말했다. 남궁소연은 뭐라 반박하려 했지만 지금은 두 절정 고수를 제압하는 것이 우선이었다.

순식간에 기세가 반전되었다.

"대주님, 어떻게 합니까?"

"경계를 늦추지 마라! 한순간에 당한다!"

“네, 넷!”

화경의 고수가 이끄는 낭인대는 삼십이 넘는 절정 고수였지만 무생에 의해 절반 가까이 숫자가 줄어들었다.

남은 이들도 내상을 입어 간신히 운신하고 있을 뿐이었고 상태가 굉장히 기이할 만큼 이상했다. 눈물을 흘리며 이마를 땅에 박거나 어디선 주워들은 불경 따위를 외우고 있었다.

“울컥!”

화경의 고수도 내상을 입어 피를 울컥 토해냈다. 단지 스쳐 지나갔을 뿐인데도 진기가 들끓을 만큼 큰 내상을 입었다. 내상이 갈수록 심해졌다.

‘도대체 무슨 술수를 쓴 것인가!’

화경의 고수와 낭인들은 주위를 경계하며 사라진 무생의 기척을 찾았다.

‘무시무시한 자다! 기척이 전혀 없군. 살수의 극에 이르렀단 말인가! 이대로 가다가는 당한다!’

화경에 이르게 되면 보이지 않는 것을 보게 되어 암살의 위험은 극히 낮아진다. 적어도 두 수 정도 윗줄에 있지 않으면 기척을 느낄 수 있는 것이 무림의 통산적인 계산이었다. 하지만 이자는 달랐다.

화경의 고수는 난생처음으로 식은땀을 흘리며 잔뜩 주위를 경계했다.

“너희는 낭군님의 수하?”

“주군의 충성스러운 수족, 춘삼입니다!”

만하연의 말에 춘삼이 그렇게 말했다. 이들의 대화를 듣고 있던 화경의 고수는 살길을 찾은 듯 눈이 번뜩였다.

'저 여자가 그 고수의 여자라면 이용할 가치가 있다!'

큰 내상을 입은 지금 상태로는 남궁소연으로 추정되는 여자를 제압하기는 힘들었다. 그녀도 절정에 이른 고수였고 특히 정순한 예기를 뿜는 천명검은 화경의 고수로서도 꺼림칙한 것이었다.

화경의 고수는 단전의 모든 내공을 일으켜 빠르게 건달들 사이를 돌파한 다음 만하연의 수혈을 집었다.

"하, 하연아!"

화경의 고수가 기묘한 신법으로 낭인들 사이에 다시 나타나자 살아남은 낭인들은 그가 데려온 만하연의 몸을 포박했다.

"크, 크흐흐! 자, 잘했소! 어, 어떠냐! 만복금! 네 사랑스러운 여동생이 죽는 것을 보기 싫으면 이들을 물려라!"

건달들에게 맞아 이가 서너 개 빠지고 얼굴이 퉁퉁 불은 진후동이 간신히 일어나 기세 좋게 외쳤다.

'도대체 무슨 상황이지?'

무생은 눈앞에 펼쳐진 광경을 보고 의아했다. 무생은 잔해들을 떨쳐 내고는 다시 현장으로 복귀했다. 천하제일절대무적권법에 대한 생각을 하며 복귀하자 보이는 것은 이러한 광경이었다.

진후동의 뒤에서 걸어온 무생은 진후동의 뒤통수를 그대로 후려쳤다.

"어린 자식이 못하는 말이 없어."

"커억!"

진후동의 얼굴이 땅에 처박히자 모두의 시선은 다시 무생에게로 꽂혔다.

"과연 대단한 신법이군! 방금 전 그 권장은 무엇이지?"

화경의 고수는 무생을 보며 그렇게 말했다.

"천하제일절대무적권법 일 초식 파천일장이라더군."

"그, 그렇군……. 그것이 겨우 일 초식이라면……!"

장난스러운 이름이었지만 화경의 고수는 무생의 권장이 천하를 논할 만하다고 생각했다. 그렇지 않다면 자신이 이렇게 인질을 잡을 리가 없었기 때문이다.

"나는 이곳을 빠져나갈 것이다! 허튼짓이라도 한다면 네 부인의 목이 사라질 것이다! 네 부인을 살리고 싶다면 순순히 내 말을 듣는 것이 좋을 것이다."

"부인?"

"안심해라. 네가 거래에 응하는 이상 건드리지 않겠다."

낭인들이 만하연의 목에 검을 겨누고 있는 것이 보였다.

"예의없던 꼬마?"

"저런 비겁한!! 이 악적! 반드시 처단해 주겠다!"

"부, 부인이라니! 오라버니?"

"하, 하연아!"

무생의 중얼거림은 춘삼과 남궁소연, 그리고 만복금의 말에 묻혀 버렸다. 화경의 고수는 무생의 어이없는 표정이 자신의 부인을 걱정하고 있는 표정으로 착각했다.

"크윽."

피를 한 바가지 토해낸 화경의 고수는 창백한 안색으로 힘겹게 입을 떼었다.

지금 당장 남궁소연과 맞교환하자는 제의를 하고 싶었지만 내상이 그것을 허락하지 않았다. 이대로 있다가는 자멸할 뿐이었다.

게다가 이 상태로 남궁소연으로 예상되는 저 절정 고수를 상대할 수 있을지조차 의문이었다.

"우리가 원하는 건 한 가지뿐이다! 지금은 이렇게 물러나지만 다음은 없을 것이다! 우리는 한다면 하는 자들이니까! 후에 연락하도록 하지."

무생이 뭐라 입을 떼려고 할 때였다. 한 번 손을 쓰기 시작한 이상 순순히 보내줄 이유가 없었다. 만하연은 안타깝기는 했지만 후환을 남기는 것보다는 훨씬 이득일 것이다.

"크, 크흐흐흐! 모두 죽어버려!!"

진후동이 비틀거리며 일어나 그렇게 웃음을 터뜨렸다. 진후동이 들고 있는 것은 벽력탄이었다.

"벼, 벽력탄이다!"

만복금이 외치는 순간 진후동은 망설임 없이 손에 든 벽력탄을 정면에 던졌다. 무생이 뒤돌아보는 순간에 벽력탄은 무생의 가슴에 이미 닿아 있었다.

콰아아아아아아앙!

"이때다! 철수하라!"

"존명!"

번쩍이는 섬광과 함께 어마어마한 소음이 주위를 덮쳤다. 막강한 화력은 무생이 서 있는 주위를 쑥대밭으로 만들 만큼 대단했다. 무림에서 벽력탄이 가지는 공포는 대단한 것이었고 절정 고수라도 한 번에 급사할 만한 위력을 가지고 있었다.

"흐, 흐흐흐! 잘난 척하더니 꼴좋다! 모두, 모두 죽어버려!"

진후동이 침을 질질 흘리며 실성한 듯 그렇게 말했다.

"혀, 형님 어, 어떻게 하지요?"

"가, 가만히 있거라. 급할수록 돌아가야 하, 하느니라."

어느새 돌담 뒤에 숨어 있던 마검일제와 검마신군이었다.

"오라버니!"

삼 장 정도 높게 치솟은 무생의 몸이 그대로 바닥에 처박혔다. 남궁소연이 걱정되어 무생을 불렀지만 역시 괜한 걱정이었다.

"놓쳤나?"

무생은 아무런 이상 없이 바닥에서 일어나며 옷에 묻은 먼지를 털었다.

"이 악적! 하늘을 대신해 벌을 내린다!"

"커, 커억! 살려줘!"

"가루가 되어 성불해라!"

춘삼과 삼십인의 건달이 그대로 진후동을 밟기 시작했다. 무생은 호쾌한 광경을 바라보다가 춘삼과 눈이 마주쳤다.

“주군! 춘삼 외 삼십인! 인사 올립니다.”

“너희 아직도 남아 있었나?”

“이 무림에 정의구현을 위해 주군을 따르겠습니다. 음? 악적이 저기 있다!!”

“우아아아아!! 잡아라!”

춘삼과 삼십인의 건달은 돌담 뒤에 숨어 있는 마검일제와 검마신군을 보사마자 미친 듯이 달려 나가기 시작했다.

“하, 하연아……!”

잠시 만하연이 납치된 사실을 모두가 잊고 있었다. 무생은 어렸을 때 동네 골목에서 싸움한 것과 비슷한 느낌을 받았다.

‘골치 아프게 되었군.’

그들의 목적은 어디까지나 남궁소연이니 후에 어떤 식으로든 귀찮은 일이 일어날 것이다.

무생은 그들이 왜 남궁소연의 비급에 집착하는지 그것이 궁금해졌다.

第九章

무림 구출대

만하연이 납치되었다는 소문은 무림을 진동시켰다. 현장에 있는 여러 목격자가 발설한 탓이었다. 납치범들이 있을 만한 예상 지역까지 무림 안에 은밀히 돌자 마침 금호 근처에 있던 여러 신진고수와 후기지수가 나서기 시작했다.

그중에는 육룡사봉도 있었는데 남궁소연이 빠지고 새롭게 영입된 당문의 여식을 중심으로 만하연 구출대가 형성되었다. 본래 만하연은 새롭게 오봉 자리에 올라야 한다고 주장될 만큼 미모와 수준 높은 무공 실력을 가지고 있었다.

'만하연을 구하는 자가 그녀를 얻는다!'

소문이 돌고 돌아 기이하게 와전되어 여러 남자들의 마음을 자극했다. 게다가 남궁소연의 사태가 있었기는 하나 그간 백여 년 동안 무림은 너무 평화로웠고 청년들은 늘 협행에 대한 갈망이 있었기에 만하연 구출은 하나의 유행으로 자리잡아가고 있었다.

그것은 보름도 안 되는 시간에 일어난 사건이었다.

무생은 만하연이 걱정되어 시름시름 앓다가 쓰러진 만복금을 바라보다가 고개를 저으며 객잔으로 돌아왔다. 하나밖에 없는 가족이 사악한 고수에게 납치당했으니 그의 상심은 이해가 될 만했다.

'북적이는군.'

한산하던 예전과는 달리 많은 무림인들이 금호에 모여 있었다. 주로 정파의 무림인들이었지만 간혹 사파의 고수들도 모습을 드러내고 있었다.

무생이 방 안으로 들어오자 남궁소연이 창밖을 내다보고 있는 것이 보였다. 남궁소연은 객잔 밖으로 나가지 않고 청명검을 늘 품에 안은 채로 경계하였다.

"오라버니, 육룡사봉 중 몇몇이 이쪽으로 오고 있다더군요."

"육룡사봉?"

"네, 가장 실력이 좋은 후기지수들을 지칭하지요. 모두 수준 높은 정통 무공을 익힌 자들입니다."

무생은 작게 고개를 끄덕였다. 무공에 대해 대략적으로 이해하기 시작한 무생은 정파의 무공 따위는 전혀 안중에도 없었다. 오로지 수명을 단축시키거나 내부를 망가뜨리는 사파의 무공 중에서 가장 질 낮은 무공만을 찾을 뿐이었다.

"오라버니, 만하연을 구출하러 가실 건가요?"

"귀찮군."

"저 때문에 잡혀간 여자고 어쨌든 오라버니의 아우인 만복금의 동생이니……."

"그런가?"

무생은 남궁소연의 걱정을 알고 있었다.

"너보다 왜 만하연을 납치했는지 의문이긴 하지만, 네가 그렇게 말한다면 구해야겠지."

남궁소연의 든 청명검과 그녀의 상승된 무공 덕분에 상황이 녹록치 않다고 판단한 그들의 사정이 있었지만, 무생은 이를 이해하지 못했다. 게다가 그들의 행보는 상당히 은밀해야 하는 것이었다.

무생은 무림이 생각보다 더러운 집단이라고 생각했다. 지금으로서는 그녀가 지닌 비급에 대한 가치가 어느 정도인지 모르지만 그것을 얻기 위해 이러한 술수까지 쓰니 말이다.

"죄송해요. 오라버니, 저 때문에……."

"아니다. 오히려 잘되었군. 말했지 않느냐. 난 죽기 위해 무림에 나왔다고."

무생은 진심이었지만 남궁소연은 무생이 자신을 배려하고 있다고 생각했다. 죽음마저 두려워하지 않는 모습은 진정한 대인이었다.

"뭐, 그리고 본래 산적들은 뿌리를 뽑지 않으면 계속 불어나는 법이다. 기왕 이렇게 된 것, 네 집을 지어주기 전에 뿌리를 뽑아야겠군. 덤으로 만하연도 구하고."

애초부터 무생은 심각하게 생각하지 않고 있었다. 자신이 죽을 리가 없을뿐더러 죽는다면 그것으로 좋은 것이니 말이다.

똑똑!

"주군 저, 춘삼입니다."

춘삼이 잔뜩 서책을 짊어진 채로 들어왔다. 그것은 그동안 삼류 건달들이 무림인 흉내를 위해 틈틈이 익힌 삼류 무공서적이었고 대개 사파의 하류잡배가 익히는 것들 중심이었다.

무생이 쓰레기 취급되는 그러한 서적에 관심을 가지자 각자 소지하고 있던 것들을 무생에게 가져다준 것이었다.

'기특하군.'

무생은 춘삼이 제법 기특했다. 만하연이 납치될 당시에 진후동을 막기 위해 목숨을 걸고 왔을 뿐만 아니라 그의 의형제와도 인연을 끊은 모양이니 말이다.

"몸은 괜찮나?"

"저야 뭐 늘 건강합죠! 하하하."

춘삼이 마음에 들기 시작한 무생은 춘삼의 약해진 기력이 신경 쓰였다. 아무리 선천지기를 주입하여 내상을 다스렸다고는 하지만 분명 그 기운은 많이 약해져 있었다.

"너도 무공이라는 것을 익히느냐?"

“예? 그렇습니다. 최고의 비급인 줄 알았는데 부작용만 있
는 삼류 서적이지 뭡니까! 하하! 벌 받은 게지요!”

춘삼이 등에 지고 온 보따리 안에는 그가 익혔던 삼류 무공
서도 존재했다. 혈마인에 관한 구절은 이미 찢어져 있었지만
대부분 온전하게 보존되어 있었다.

빙마신검.

북방에서 이름을 날렸던 고수의 검법이었지만 당연히 진품
은 아니었다. 서책을 팔기 위해 이것저것 어설프게 조합한 삼
류 축에 간신히 끼는 무공서였다. 하지만 군데군데 변형되어
있고 기이한 구절이 상당히 많았다.

‘너무나 사이하게 변형되어 있어. 이런 걸 익혔다가는 폐인
이 될 거야.’

무생이 읽는 것을 옆에서 본 남궁소연의 솔직한 심경이었
다. 무생은 무공서를 천천히 바라보며 고개를 끄덕였다.

몇 부분이 사라져 있었지만 무생의 머릿속에 있는 득도촌
노인들의 모습을 떠올리자 신기하게도 그 부분이 이해가 되었
고 수정할 부분이 많이 보였다.

모든 것을 담고 있는 검노의 검법과 모든 것을 내던지는 광
노의 권법. 그것을 바탕으로 마치 글자가 춤을 추듯이 무생의
눈앞에 펼쳐졌다. 그리고 무생이 무수히 겪었던 세월이 눈앞
에 스치듯 지나갔다.

무생은 활력이 차오르는 느낌에 그것을 거부하고 붓을 들
었다.

"새로 써주도록 하지. 그래도 나름 괜찮을 거야."

"예?"

"어디 보자……."

무생은 아무렇지도 않게 붓을 놀렸다. 빈 공간이 수려한 한 자들로 차오르고 보는 것만으로도 전율이 이는 아름다움이 펼쳐졌다. 남궁소연과 춘삼은 넋을 잃고 무생의 모습을 바라보았다.

'이, 이건?!'

남궁소연의 놀라움이 더욱 컸다. 무생이 쓰고 있는 구절들은 뜬구름 잡는 것들이 아니라 실질적인 움직임에 대해서 써놓은 것이었다.

특히나 함축된 의미는 늘리고 쓸데없는 구절들은 배제되었다. 거기다가 남궁소연이 이해하기 힘든 심득까지 더해지자 삼류 무공서는 절정을 족히 넘을 보물로 바뀌어 버렸다.

"후우……."

무생은 긴 숨을 내쉬고는 무공서의 이름을 짓기 시작했다.

"천하무적절대폭풍검이 좋겠군."

이름이 가장 중요한 것이었다. 무생은 삼류 무공서적을 읽으면 꼭 '천하무적' 이나 '절대' 가 언급되는 것을 보고 그것이 당연하다 여긴 것이다.

무생이 아무렇지도 않게 천하무적절대폭풍검의 비급을 춘삼에게 던져주자 춘삼은 얼떨떨한 표정으로 그것을 바라보다가 바닥에 머리를 조아렸다.

"주군의 은혜에 이 한 목숨 다해 충성을 바치겠습니다!"

"물론, 그러면 좋지."

"존명!"

눈물, 콧물을 질질 흘리며 엉망이 된 춘삼의 모습은 상당히 우스꽝스러웠지만 남궁소연은 웃을 수 없었다. 그간 그가 당했던 무시와 겪은 서러움이 느껴졌기 때문이다.

무공으로 사람을 판단하는 것은 어리석은 일이었지만 현 무림에서는 그 사람의 척도가 되었다. 예전에 자신도 그러한 사고방식을 가지고 있었던 것이 무척이나 부끄러워진 그녀였다.

"그렇군."

무생은 춘삼의 약해진 기운 때문에 잠시 생각하다가 짐 보따리에서 가지고온 환단 하나를 꺼냈다. 무생이 득도촌 늙은 이들의 기운을 보충해 주기 위해 만들었던 환단이었는데 독노는 이것을 보고 '회생단'이라는 이름을 지어주었다.

죽은 사람도 회생시킨다는 이름에서 지은 것이었지만 무생은 대수롭지 않게 생각했다. 이미 영약 반열을 벗어난 신단으로 내공이 미천한 자라도 근본적인 기운 자체를 강화시켜 주기에 부작용 없이 상승 경지를 노릴 수 있는 희대의 영약이었다.

"기운이 쇠하니, 이거나 먹고 보신하도록."

"조, 존명!"

무생은 춘삼이 조심스럽게 회생단을 받아 들자 만족스럽게 고개를 끄덕였다.

무슨 이유에서인지는 모르지만 강경하게 자신을 따른다고 한 사내다. 적어도 잔병치레는 하지 않았으면 하는 마음이 있는 무생이었다.

"주군께서 베풀어주신 하해와 같은 은혜, 평생토록 따르며 갚겠습니다!"

"그건 천천히 하도록 하고 나가보도록 해라."

"존명!"

춘삼은 몸에 잔뜩 힘을 주고 밖으로 나갔다. 들어올 때와는 기도 자체가 다른 사람 같게 느껴졌다. 그간 잃었던 자신감을 되찾은 춘삼은 제법 사내다운 분위기를 풍겼다.

"오라버니, 춘삼은 분명 큰 도움이 될 거예요. 마음에 안 들긴 하지만……."

"한 사람 몫 정도는 하겠지. 어디 가서 강도질이나 하며 살게 할 수는 없지 않겠느냐."

남궁소연은 춘삼이 빠른 시일 안에 절정을 넘어선 고수로 탄생할 것이라 예상했다. 무생에게 일격을 맞은 후 거의 벌모세수하다시피 혈맥이 뚫린 춘삼이었고, 내공은 정순하게 정화되었다.

영약과 비급의 위력까지 더해진다면 불가능은 아니었다. 다만 본인의 깨달음과 진정성이 관건이었다.

무생의 베푼 은혜에 질투가 나기도 한 남궁소연이었지만 그런 마음을 털어냈다. 무생은 한 차례 기지개를 펴더니 수북하게 쌓인 서적들을 정리하기 시작했다.

흡성대법, 천마신공, 독고구검 등등, 그럴듯한 이름의 것들도 있었고 딱 봐도 사파 하류잡배의 무공서도 상당했다. 무림에서 통용되는 대표적인 삼류무공서인 삼재검법이 오히려 나아 보일 정도였다.

'흥미롭군.'

무생은 진지하게 탐독하기 시작했다. 타들어가는 만복금의 마음과는 다르게 지금 당장 출발할 필요가 없었다. 무생은 만하연에 대한 것은 함정이 분명했으니 적어도 자신을 죽이거나 원하는 것을 얻기 전까지는 살려둘 것이라 여겼다.

'그런 것 따윈 아무래도 좋지만.'

위험할수록, 사악할수록 자신을 해할 가능성이 커지기 때문에 오히려 더 마음에 드는 무생이었다. 이런 무생의 마음을 무림은 이해하지 못할 것이다.

*　　　*　　　*

천돈 상단이 공격한 일이 무림에 전해지자 무림에서는 금호 상단에 대한 동정론이 돌기 시작했다.

금호 상단을 탐탁하지 않게 여기던 무림맹도 입장을 바꿔 금호 상단을 위로하고 나섰다. 그런 모양새가 더욱 대인배 같았고 지지를 얻기에 가장 좋았기 때문이다.

무림맹에서는 간악한 사파 납치범을 처단한다는 명목으로

영향력을 넓히려 애썼다.

　무림맹이 개입하여 중재하자 천돈 상단은 금호 상단으로 편입되었고, 만하연 구출에 대한 전폭적인 지원을 약조했다. 그 바탕에는 계산이 깔려 있었다.

　육룡사봉이 만하연을 구출한다면 자연스럽게 육룡 중 하나가 그의 남편이 되고 훗날 금호 상단을 꿀꺽할 수 있기 때문이었다.

　그렇기 때문에 만하연 납치 이후 굉장히 영향력 있는 상단으로 변모했지만 만복금의 근심은 날로 커져 갔다. 이미 만하연은 사실상 오봉에 올랐고 무림맹과는 끊을 수 없는 인연이 생겨 버렸다.

　만복금의 유일한 희망은 무생이 이번에 출발하는 구출대에 합류하여 만하연을 구하는 일뿐이었다. 만복금은 아침 일찍 무생이 머무는 객잔으로 향했다.

　"으음?"

　객잔 앞에 임시로 마련된 연무장에서 칼부림 소리가 들려왔다. 만복금이 궁금해서 가보니 검을 놀리고 있는 것은 춘삼이었다.

　"저럴 수가!"

　불과 얼마 전까지만 해도 사술에 빠져 그나마 이류를 이루었던 경지가 삼류 이하까지 내려왔었는데 지금은 가히 고수의 풍모를 풍기고 있었다. 검의 움직임은 예측하기 어려울 만큼 화려했다.

더욱 기가 막힌 것은 춘삼을 따라 연공에 힘쓰고 있는 삼십 인의 건달이었다. 삼류에 간신히 이른 티가 나기는 하나 제법 체계적으로 기강이 잡힌 듯했다.

'형님께서 뭔가를 준비하시는 건가. 아! 여기서 이럴 게 아니라 빨리 형님을 만나봐야 해!'

무생의 방으로 허겁지겁 들어온 만복금은 무생의 앞까지 달려와 숨을 헐떡였다.

"형님! 도와주십시오!"

조용히 차를 우려내고 있던 무생은 숨을 헐떡이는 만복금을 의자에 앉혔다. 만복금은 만하연이 납치된 일이 점점 커져 이제는 자신이 막을 수 없는 사태에 이르렀다고 말해주었다.

"하연이를 무사히 구하더라도 원하지 않는 곳에 시집을 가게 될지도 모릅니다."

"그렇게 되었나? 그럼 좋은 신랑감을 만나겠군. 무공도 출중하고 말이지."

"형님!"

무생은 피식 웃고는 찻잔을 건넸다. 만복금은 찻잔을 받고는 단숨에 차를 비웠다.

"농을 한번 해본 것이다. 그래서 내가 그 육룡사봉에 이름을 올린 자들 사이에 끼어서 갔으면 좋겠단 말이지?"

"네! 하연이를 구하시는 건 꼭 형님이셔야 합니다!"

"그, 그건 안 돼요!"

옆에서 잠자코 있던 남궁소연이 그렇게 외쳤다. 무생과 만복금이 동시에 남궁소연을 바라보자 남궁소연은 살짝 얼굴을 붉히며 입을 떼었다.

"만하연 소저가 원하지도 않는 거, 결혼을 해야 하잖아요? 그, 그럴 바에 제가 구하겠어요!"

"형님과 하연이가 거절하면……."

"아무튼 안 돼요!"

남궁소연은 만하연이 무생을 물고 늘어질 것이라 예상했다. 남궁소연의 면사 안에서 살기까지 느껴지자 만복금은 어색한 웃음을 흘렸다. 그러다가 웃음을 지우고는 진지한 얼굴로 남궁소연을 바라보았다.

"소저께서 구해주시는 편이 더 깔끔하고 좋긴 하겠지요. 만약 하연이를 무사히 구해주신다면, 소저의 정체가 무엇이 되었든 간에 앞으로 전폭적으로 돕겠습니다."

남궁소연은 만복금의 말에 너무 긴장을 풀고 있었다고 생각했다. 만복금 정도 눈썰미가 있는 자라면 절대적으로 경계했어야 할 자였다.

남궁소연은 만복금의 그런 말에 긴장하며 검에 손을 얹었지만 무생이 자리에서 일어나며 그것을 가렸다.

남궁소연은 싸늘한 눈으로 만복금을 바라보았다.

"상단주님, 방금 그 말씀, 취소하시려면 지금뿐이에요."

남궁소연이 그렇게 말하자 만복금은 무생과 남궁소연을 번갈아보며 입을 떼었다.

"남아일언중천금."

“뭐, 그럼 그렇게 하도록 하지. 앞으로 네 도움이 필요할 것
도 같으니까.”

만복금의 힘있는 말에 무생은 아무렇지도 않게 대답했다.

만복금은 무생이 나서준다고 하자 큰 안심이 되었다. 하연
이가 아직 이용 가치가 있기 때문에 죽이지 않고 있을 거란 걸
알고 있었다. 하지만 하연의 성격상 가만히 있을 리 없었고 분
명 고초를 겪고 있을 것이다.

‘이 참에 형님과 하연이의 혼약을 추진하는 것도 좋
겠……’

만복금은 남궁소연의 살기가 느껴지자 헛기침을 했다.

무생은 만복금이 자신의 목적에 큰 도움이 될 수 있다고 생
각했다. 어쨌든 남궁소연의 집을 지어줘야 하고 천하삼절이라
는 자신에게 죽음을 가져다 줄 저승사자들을 만나야 하니 자
금과 인맥은 필수였으니 말이다.

‘일단 내 무공을 정리하는 것이 우선이겠군.’

무생은 자신이 강해지는 것은 마음에 들지 않지만 귀찮음을
지우기 위해서이니 그런 마음을 가라앉힐 수 있었다. 무생이
쓰는 탁자 위에는 사술 축에도 못 끼는 마공서들과 삼류 무공
서들이 수북하게 쌓여 있었다.

게다가 생각보다 무공이란 것에 흥미를 느끼는 중이었다.
자신의 몸 안에 있는 정체불명의 기운을 처음으로 자각하기도
했으니 말이다.

‘익히는 도중에 죽으면 더할 나위 없이 좋겠지만……’

어쨌든 무생은 자신의 죽음을 모든 일보다 우선순위에 놓고
있었다. 내공에 대한 흥미야 어찌 되었든 그는 일단 죽고 싶었
다.

第十章

육룡사봉

무생록

무생록

　육룡사봉에 속한 자들이 금호로 들어왔다는 소식이 들려왔
다.

　무림인들은 그들을 주목했고 그들이 만하연을 구할 수 있으
리라 믿어 의심치 않았다.

　그들은 장래에 무림을 이끌어갈 정파의 유망주들이었고 그
나이대에서 적수를 찾아보기 힘든 고수였기 때문이다. 평화로
운 무림 시기와 어울리지 않게 가장 많은 성취를 이루었다고
평가받고 있었다.

　어려서부터 각종 영약을 섭취하고 뛰어난 스승 밑에서 자랐
다고는 하지만 타고난 재능이 없으면 젊은 나이에 그 정도 성
취는 불가능할 것이다. 물론 사파 유망주들은 그들을 아니꼽

게 보며 대놓고 무시하지만 말이다.

많은 자들이 만하연 구출을 위해 구출대를 조직했지만 무림맹은 불필요한 피해를 줄인다는 이유로 이 안건을 육룡사봉 중 가장 실력이 뛰어난 벽검일룡 모용천에게 위임했다. 구파일방의 인원은 넣지 않았는데 여기에는 견제의 이유도 있었다.

압력이 가해지자 무림맹의 눈치를 보는 무림인들은 자진 해산할 수밖에 없었다. 실상은 무림맹의 명성과 영향력을 넓히려는 의도가 깔려 있었다.

만복금은 수심이 깊은 얼굴로 그들을 맞이했다. 미모와 실력을 모두 겸비한 일남이녀의 젊은이가 제법 오만한 몸짓으로 만복금을 대했다.

"먼 길 오느라 수고하셨습니다. 금호 상단의 상단주, 만복금입니다."

만복금은 그래도 웃는 낯으로 인사를 건넸다.

"황금 호랑이라더니 별거 아니네. 촌동네잖아?"

"쉬고 싶어요. 객잔은 어디죠?"

"상단주, 소저들께서 힘들어 하시니 일단 쉬어야겠습니다."

하북혈화로 알려진 팽가의 팽하월, 빙미독봉 사천당문의 당연희의 말에 모용천이 웃는 낯으로 그렇게 말했다.

팽하월과 당연희는 중원에서 다섯 손가락 안에 충분히 드는 미인이었지만 그 성격은 알려진 바와 같이 결코 아름답지 못했다. 팽하월은 충분히 오만했고 당연희는 무척이나 차가웠다.

모용천 역시 겉으로는 성인군자를 흉내 내고 있지만 속은 음흉한 색마와 같은 자였다. 정순한 내공 뒤에 가려진 사심은 그 모습이 차마 다 가려지지 못했다.

만복금은 일찍이 그것을 꿰뚫어 보고 있었고 직접 만나니 그 생각이 확실해졌다.

'하연이가 무사히 구출되어도, 그것 나름대로 고민이겠군. 믿을 건 형님뿐입니다.'

혼기가 찬 모용천을 위해 만하연과의 혼인을 추진하는 무림 맹의 속은 이미 짐작하고 있는 만복금이었다.

모용천의 용모는 귀공자와 닮기는 했으나, 모용천의 진면목을 아는 여인들이 목숨을 걸고 피할 만큼 더러운 성벽과 추접한 사생활을 지니고 있었다.

"…그럼 따라오시지요."

객잔으로 그들을 데려가는 만복금의 안색은 많이 어두웠다.

한편, 무생과 남궁소연은 만복금의 부탁을 받아 만하연을 구하러 갈 준비를 하고 있었다.

물론, 무생은 육룡사봉이라는 젊은 무림인들과 어울릴 생각은 전혀 없었다. 그것은 남궁소연도 마찬가지였다. 오히려 그들을 대하는 생각은 분노에 가까웠다.

"제법 그럴듯하네."

"그렇죠?"

남궁소연은 키가 작은 중년 남자의 모습을 하고 있었다. 위압감을 줄 만큼 거친 인상이었고 일부러 만들었는지 얼굴에 새겨진 많은 흉터는 무섭기까지 했다.

무생은 손을 뻗어 남궁소연의 뺨을 쓰다듬었다. 정확히 말하자면 그녀가 쓴 인피면구를 쓰다듬고 있는 것이었다. 부끄러워하는 남궁소연의 현재 모습은 남이 본다면 분명 정상이 아니었다.

"영락없이 남자로군. 진짜 사람의 피부를 가공해 처리한 건가? 인피면구란 것도 제법 흥미가 있어."

"오, 오라버니, 이런 것에 흥미를 가지시면 안 돼요."

"걱정 마라. 아직까지 사람의 가죽을 벗기는 일에는 관심이 없으니까."

남궁소연은 필사적으로 말렸다. 무생이 이런 것에 흥미를 가졌다가는 분명 끝도 없이 파고들 것이다.

지금 지닌 무공만으로도 적수를 찾아볼 수 없을 정도로 대단한 무생이 인피면구를 연구한다고 알려진다면 사악한 마인으로 소문이 날 것이다. 물론, 남궁소연을 돕는 지금 역시 무림공적이 될 신분이지만 말이다.

"그래도 목소리는 어울리지 않는군. 조금 징그러울 정도야."

"본래 사악한 잡기라 생각해 배우지 않았으니까요. 도망치는 도중에 우연치 않게 익힌 거라서……."

"음, 그 정도만으로도 훌륭한 재주다. 사내들이 좋아하겠군."

“오라버니, 놀리지 마세요.”

무생은 피식 웃으며 남궁소연을 바라보았다. 인피면구를 뒤집어써 중년의 얼굴을 하고 있었지만 무생의 눈에는 그녀의 얼굴이 보이는 듯했다. 눈으로 보는 것이 아니라 마음으로 느끼는 기이한 감각이었다.

언젠가 무생이 이 기이한 감각을 광노에게 이야기한 적이 있었다. 그때 광노는 실쩍 굳어진 표정이었지만 얼른 표정을 지우고는 단순히 눈을 감고 걸어도 넘어지지 않을 정도의 재주라 설명하며 얼버무렸다. 광노는 말끝을 흘리며 이것을 심안이라는 이름으로 불렀다.

“난 딱히 준비할 것이 없군.”

“신기하네요.”

광노가 선물해 준 검은 무복은 새로이 수선했다. 만복금을 통해 솜씨 좋은 자에게 수선을 부탁한 터라 처음과 똑같았다.

똑똑!

물을 열고 체격이 큰 장정 하나가 무생의 앞에 부복했다.

“주군! 상단주와 떨거지들이 도착했습니다. 여기저기 트집을 잡으며 꼴값을 떠는데 어떻게 처리할까요?”

“그냥 놔둬라.”

“존명!”

춘삼 외 삼십 인의 건달은 금호 객잔을 기점으로 모두 훈련에 매진했다.

모두 부끄러운 과거를 청산하고 노인들을 도와주거나 농사

일을 거드는 등, 보람찬 일들을 한다고 하니 무생도 기특하게
여겨 그들의 건강을 챙긴 적이 있었다.

그리고 불과 일주일도 지나지 않아 무인의 기도를 풍기기
시작했다.

이따금 무생이 가르쳐 주는 노동들을 하나도 빠짐없이 배우
며 매일같이 반복하고 있었다. 그것은 그저 잡일이 아니었다.
오랜 세월 쌓인 무언가가 확실하게 그들에게 전달되고 있는
것이다.

하지만 정작 무생은 큰 의미를 두지 않고 있었다. 그저 단순
히 그들의 건강을 챙겨주기 위한 일이었을 뿐이었다.

"그럼 가도록 하지. 말투 조심하도록."

"네, 오라버… 아니, 도련님."

무생은 미리 남궁소연과 입을 맞춰놓았다. 무생은 조금 즐
거워지기 시작했다. 무림에 나오고 겪는 일들은 하나같이 신
선한 일들이라 무생을 지루하게 하지 않았다.

'골방에서 지내는 것보다는 괜찮군.'

무생이 먼저 방을 나서고 객잔 중앙으로 걸어가자 흉흉한
기세를 뿜으며 청소나 잡일을 하고 있던 장정들이 깊게 고개
를 숙였다.

*　　*　　*

"후훗, 그건 그렇고 차가 맛없네요."

“언제 한번 저희 세가에 오십시오. 거하게 대접해 드리겠습니다.”

가식적인 이야기를 나누고 있는 모용천과 팽하월과는 달리 당연희는 객잔과 객잔 주위에 있는 잡일꾼을 눈여겨보고 있었다. 안타깝게도 천하삼절에 자리하지 못한 독왕은 늘 당문에 인재가 없음을 한탄했다.

독의 영향 때문인지 자식이 귀해지고 딸만 줄줄이 낳는 것이 어느새 당문의 전통이 되어버렸다.

독에 적응 못한 당문의 여자는 늘 단명했고 후계자는 대개 데릴사위였다. 때문에 당문의 여자는 젊은 나이에 결혼할 수밖에 없었다.

그 관례를 깬 것이 당연희의 조부인 독왕이었지만 천하 삼절은커녕 강호십왕의 말미에 간신히 껴 천하를 논하진 못했다.

독왕은 증손자를 빨리 봐 완벽한 독인으로 만들어 천하를 논하게 하려는 것이 마지막 소원이었다. 때문에 당연희는 어려서부터 남자 보는 안목을 키웠다.

‘이런 촌구석에 제법인 자들이 이토록 많다니. 만복금의 수하인가?

당연희가 냉철하게 판단해 보았다. 아직 모두 삼류 수준에 불과하지만 기운이 정순하고 기세가 높았다. 자세도 바르고 심신이 안정되어 보였다.

구파일방의 제자들에게서나 볼 법한 기운들이었다.

특히 놀란 것은 주방에서 설거지를 하고 있는 자였다.

'절정 고수!'

적어도 자신의 아래가 아니었다. 그런 자가 저런 잡일을 하고 있는 것이다.

'절대 금호 상단의 수하들이 아니다!'

당연희가 눈을 빛낸 그때였다. 가증스러운 말투로 조잘거리던 팽하월의 입이 멈추더니 눈빛이 멍해졌다. 모용천 역시 굳은 것은 마찬가지였는데, 그의 두 눈에 서서히 질투가 서리기 시작했다.

당연희는 고개를 돌려 모용천과 팽하월이 보고 있는 쪽을 바라보았다.

"아……!"

고급스럽게 느껴지는 검은 무복을 입은 미공자가 천천히 그들에게로 걸어왔다. 당연희로서는 절대 본 적이 없는 극상의 외모였다. 하지만 당연희가 넋을 잃은 것은 외모 때문이 아니었다.

'아무것도, 느껴지지 않아. 하지만 저 기세는……! 어쩌면 할아버님보다 더……! 아니, 그럴 리 없어.'

일을 하고 있던 장정들이 모두 멈추고는 그에게 깊게 예를 차렸다. 당연희는 그제야 저들이 그의 수하, 그것도 아주 충정이 깊은 수하임을 알아차렸다.

'누구지? 정파의 인물인가? 아니, 그렇다면 내가 모를 리가 없어. 사파의 고수? 세외인가?'

당연희는 당연희대로 혼란스러웠고 팽하월은 아예 대놓고 황홀하다는 표정을 지었다. 모용천의 얼굴이 구겨진 것은 그때였다.

그 모습을 보던 만복금이 제법 속이 통쾌해져 먼저 입을 떼었다.

"제가 요청하여 같이 가실 분들입니다."

"상단주, 우리의 실력을 의심하는 것입니까?"

"그럴 리가 있겠습니까? 하연을 납치한 자들을 직접 목격한 분이십니다."

"무림맹에서 정식으로……."

만복금은 무림맹이 한심해졌다. 화경의 고수가 나타났으니 응당 그에 맞는 인원을 보내줬어야 했다. 하지만 무림맹은 허황된 소문이라 치부하고 이런 애송이들로 해결하여 위세를 드높이려 하려는 것이다.

만복금도 셋의 후기지수만 온다고 들었을 때 어이가 없을 지경이었다. 낭인들에게 당한 것은 맞지만 보통 낭인들이 아니었다. 무생과 관련이 있었고, 자신과도 관련이 있는 일이었기 때문에 상황은 복잡하기만 했다.

'설사 소문의 진위를 알았다고 해도 금호 상단을 위해서 그 정도 되는 인원을 파견할 리 없지.'

해결되면 좋고 안 되면 그만인 것이다.

무림은 평화에 젖어 있다. 남궁세가의 일은 그저 운이 나빴다고 치부할 만큼 말이다.

탁!

가만히 보고 있던 무생이 모용천 옆에 있는 의자를 빼었다.

"말은 다 끝났나?"

"뭐라……."

"시끄럽군."

모용천은 처음에 황당하다는 표정을 짓다가 점차 분노로 얼굴이 일그러졌다. 이런 대접은 태어나 처음 겪어보는 것이었기 때문이다.

모용천이 내기를 일으키려는 순간,

오싹!

닭살이 돋는 것을 느꼈다. 무생의 뒤에 있던 중년의 남자가 검으로 손을 가져간 순간이었다.

'고수!'

모용천은 인상을 구기며 무생을 보면서 겨우 내기를 억눌렀다.

"그렇지 않습니까? 팽 소저, 당 소저. 우리만으로 충분한데 저자를……."

"전 괜찮아요. 오히려 저 공자님이 같이 계시면 든든할 것 같네요."

팽하월이 무생에게 시선을 떼지 않고 말하자 모용천은 당연희를 바라보았다. 팽하월보다 똑똑한 당연희라면 자신의 의견을 따라줄 것을 기대한 것이다.

"…저도 찬성이에요."

"하지만!"

무생은 단 한 번도 모용천을 보지 않다가 비로소 모용천과 눈을 맞추었다.

"자네, 말을 좀 줄이는 것이 좋겠어. 계집애 같아."

무생은 그다지 저들이 중요한 위치에 있다고 생각하지 않았다. 약해 빠진 것도 모자라 오만한 모습까지 보여주니 버릇없는 애송이들 정도로 생각한 것이다.

부들부들!

모용천은 모욕감에 몸을 부들부들 떨었지만 그를 신경 써주는 사람은 아무도 없었다.

'기생오라비 같은 놈이! 두고 보자!'

모용천은 지금은 대인배인 모습을 보여주는 것이 좋다고 생각했다. 외모에서 자신이 많이 부족하지만 그래도 무공만큼은 저자에게 지지 않을 거란 자신감 때문에 그는 겨우 평정심을 유지할 수 있었다.

"저기, 성함이……? 저는 팽가의 팽하월이라 해요."

"무생."

"그게 이름인가요?"

"너와는 상관없는 이름이다."

"뭐, 뭐라구요?"

팽하월이 기가 막히다는 표정을 지었지만 무생은 차가운 눈으로 그녀를 바라보더기 고개를 돌렸다.

무생은 만복금을 보고는 입을 떼었다.

“인원도 다 모였으니 가보도록 하마.”

“예? 아, 그럼 부탁드립니다. 부디 하연이를…….”

무생은 산책이라도 가는 듯한 발걸음으로 객잔 밖으로 나갔다.

무생의 뒤에 서 있던 호위무사, 살벌한 얼굴이 된 남궁소연은 모용천, 당연희, 그리고 팽하연을 한 번씩 쏘아봐 준 후 무생을 따라갔다.

“흐, 흥, 부끄러워하는 게 분명해. 나, 나를 무시할 리 없지. 같이 가요!”

팽하연이 제일 먼저 따라갔다.

‘보통 자가 아니야. 주시해야겠어. 저런 남자 흔하지 않지.’

결심을 굳힌 듯한 표정으로 당연희가 나가자 모용천만이 덩그러니 남아 있었다. 만복금도 자리를 피한 지 오래였고 객잔에 있는 장정들은 무언의 압박을 모용천에게 주고 있었다.

‘무생? 무생이라고? 어디서 듣도 보도 못한 잡것이!! 이 치욕, 그냥 넘어가지 않겠다! 감히 이 모용천을 무시하다니!’

나름 복수의 꿈을 꾸는 모용천이 마지막으로 뒤따랐다.

第十一章

무생, 움직이다

무생록

　춘삼 외 삼십 인의 성대한 환송식을 뒤로하고 무생은 본격적으로 만하연을 찾기 위해 길을 떠났다. 닷새를 이동해 목적지 부근까지 도달할 수 있었다.

　그곳은 바로 경석산이었다.

　만복금에게 접근하는 자가 있었는지 무생은 그들이 있는 위치를 대략적으로 알 수 있었다.

　만하연이 있을 법한 곳은 소문으로 퍼진 정도까지는 아니지만 그럭저럭 정보력이 있는 자라면 충분히 알 수 있을 정도였다. 함정이 분명했지만 무생은 아예 신경 쓰지 않았다.

　만하연을 인질로 잡고 자신을 죽이려 하는 것이 오히려 환영이었다. 기이한 술법을 써서 자신의 목숨을 가져간다면 그

만큼 좋은 상황은 없었다.

상황이 꼬이기는 했으나 그들의 목적은 남궁소연이었고, 무생의 애인을 잡고 있다고 생각 중이니 협상하자고 할 수도 있었다.

물론 무생은 응해줄 생각이 없었다.

'무언가 사악한 술수를 쓰는 사파집단이라고 하니 나를 죽일 가능성이 있긴 하겠지. 나를 실망시키지 않았으면 좋겠군.'

무생은 늘 그렇듯 긴장감이 없었고 오직 여유만이 넘쳤다. 금호를 떠난 지 꽤 되었지만 모용천은 여전히 무생을 아니꼽게 보고 있었다.

하지만 마치 모용천 안 보이는 것처럼 신경조차 쓰지 않는 무생이었다. 모용천이 무생보다 잘나 보이려 애쓰는 모습은 당연희와 팽하월로 하여금 정이 떨어지게 만들기 충분했다.

"제 정보통에 의하면 경석산 부근에 수상쩍은 움직임이 있었다고 해요. 그쪽은 흑호방이 있는 곳과 가까워요."

"흑호방? 사파의 잡배들이 모인 곳 말입니까? 하하하! 당 소저께서는 걱정하지 마시지요. 그들은 제 검의 일 초식조차 감당할 수 없을 겁니다."

"모용 소협, 일선에서 물러난 집단이기는 하나 그래도 흑도무림에서 원로라 불리고 있어요. 게다가 만 소저를 납치한 자들이 어째서 그곳으로……."

"그거야 흑호방에서 명성을 떨치려 납치한 것이겠지요. 걱정 말고 어서 가서 만 소저를 구합시다."

모용천은 당연희의 말을 자르며 그렇게 말했다.

"무 공자께서는 어떻게 생각하시나요?"

"어떻게든 되겠지."

"만약 흑호방이 개입되어 있다면 우리가 해결할 문제가 아니에요."

부생은 고개를 끄덕였다.

"그럼 먼저 돌아가든지."

무생의 말에 당연희의 눈썹이 살짝 구겨졌다. 마치 아무런 관심조차 없다는 듯, 무심한 목소리가 그녀를 왜인지 서럽게 만들었다. 여태까지 이토록 자신에게 관심조차 없는 자는 드물었다.

살짝 입술을 깨물던 당연희는 작게 숨을 내쉬고는 팽하월 곁으로 다가갔다.

"무 공자님께서는 여자의 마음을 너무 모르는군요!"

"알 필요가 있나?"

"네? 아, 알 필요는 없지만……."

팽하월에 말에 무생이 그렇게 대답하자 팽하월은 잠시 멍한 표정을 짓다가 안색을 굳혔다.

"무 공자님. 너무 무례하시군요!"

"어떤 점이?"

"저, 저희는 여인이니까 배려를 좀 해주셔야……."

"배려? 무엇을?"

“그, 그게 그러니까……."

지금까지 무생의 태도는 눈물이 날 만큼 차가웠다. 그 차갑
다는 당연희조차 부드럽게 보일 만큼 말이다. 팽하월의 오만
한 모습이 무생에 가려질 만큼 무생의 모습은 그녀들에게 있
어서 충격으로 다가왔다.

'자존심 상해.'

팽하월은 자신에게 더욱 잘해달라는 말이 턱 밑까지 나왔지
만 말을 할 수 없었다. 그것은 자존심 문제이기도 했고 남자에
게 관심을 가져달라고 구걸하는 것 같아 기가 죽어버렸다.

'근본은 나쁘지 않은 꼬마들이군. 물론 저 애송이는 빼고 말
이지.'

무생의 눈에는 버릇없는 팽하월의 모습도 애같이 느껴져 그
저 귀여울 뿐이었다. 어린아이가 다소 버릇없으면 어떤가. 앞
으로 살아갈 날들이 더 많으니 안 좋은 점은 고치면 되는 것이
다.

“앞으로는 신경 쓰도록 하지."

“네, 네? 고, 고마워요."

“별말씀을."

다소 오만하게 굴었던 팽하월이 멍하니 무생을 바라보자 무
생은 제법 귀여워 보여 살짝 미소 지었다. 그 모습을 바라보고
있던 남궁소연은 눈을 게슴츠레 뜨고 무생을 바라보았다.

이미 팽하월은 무생의 늪에서 빠져나올 수 없는 상태가 되
었다.

'오라버니는… 내가 있는데도……!'

따가운 눈빛이 무생에게 꽂혔다. 하지만 남궁소연은 지금 중년의 남자였고 그 눈빛은 살벌하다 못해 살기까지 느끼게 할 정도였다.

하지만 이는 역효과를 불러 일으켰다. 살기 어린 눈빛을 충정의 반증으로 본 당연희가 무생에게 관심을 더 가지게 된 것이다.

'저런 절정 고수가 이토록 충정을 보이다니, 역시 보통 사내가 아닌 게 분명해!'

"무생이라 했나! 무례하군! 감히 소저들에게……."

"전 괜찮아요. 시, 신경을 써주신다고 했고……."

"신경 좀 꺼주세요."

"네, 에? 소, 소저?"

모용천을 지나치는 팽하월과 당연희의 뒷모습을 멍하니 보던 모용천은 어느새 저 멀찍이 앞서 가고 있는 무생을 보며 이를 갈았다.

모용천이 보기에 무생은 완벽한 선수였다. 부러울 정도로 말이다.

*   *   *

말을 타고 얼마간을 더 가 경석산 무근까지 도달할 수 있있다. 금호와는 그다지 멀리 떨어지지 않은 곳이라 생각보다 일찍 도착할 수 있었다.

당연희의 정보통에 의하면 납치범들은 경석산 부근에 숨어 지내고 있다고 했다. 이는 흑호방과 가까운 거리라 조심스럽게 다가갈 필요가 있었다.

무생도 경석산 부근에 그들이 있다는 것을 알고 있어 별다른 말을 하지 않았다.

"이 근처에 진이 설치되어 있다고 해요. 만 소저가 납치된 동선과 출현 시점이 비슷하고 수상한 자들이 자주 목격된다더군요. 여기서부터는 경공으로 이동하는 것이 좋겠어요."

당연희는 무표정한 얼굴로 그렇게 말했다. 냉화라는 또 다른 별호가 있을 만큼 그녀는 표정을 잘 짓지 않지만 무생 앞에서는 평정심이 흐려졌다.

'후, 기생오라비 같은 놈을 누를 좋을 기회군.'

철저한 무시 속에서 고립된 모용천은 드디어 자신의 진가를 발휘할 때라 여겼다. 육룡 중 일룡의 자리를 차지하고 있을 만큼 그의 경공은 수준급이었다. 흐르는 나뭇잎을 보는 듯한 경공은 그가 검 다음으로 자부하는 것이기도 했다.

"후후, 그럼 먼저 가서 만 낭자를 구하겠습니다."

모용천은 최대한 멋진 미소를 지으며 웅장한 자세를 잡았다. 진이 설치되어 있다는 것을 가볍게 무시하고 전력으로 달려 나가 버렸다.

'여전히 머저리네.'

남궁소연은 진심으로 그렇게 생각했다.

"무 공자께서는 경공에 자신이 있으신지?"

"빨리 달리는 것을 말하는 것인가? 그렇다면 신경 쓸 필요 없으니 먼저 가도록. 따라가겠어."

"자신만만하시군요."

무생을 대할 때면 묘하게 시비조가 되어버리는 당연희였다. 당연희는 자신답지 않은 삐딱한 어조에 스스로가 당황해 황급히 고개를 돌렸다. 그러다가 무생의 관심을 바라는 자신의 마음을 깨달아 버렸다.

당연희는 빨갛게 달아오르는 얼굴을 진정시키기 위해 호흡을 가다듬었다.

"당 언니야말로 자신있으신가요?"

"무, 물론."

팽하월은 무생을 힐끔 바라보다가 당연희와 눈을 맞추더니 빠르게 몸을 이동시켰다. 당연희 또한 그에 뒤지지 않고 빠르게 나아갔다.

"괜찮으신가요?"

"뭐가 말이냐."

"저들이 오라버니를 낮게 보는데……."

무생은 피식 웃고는 천천히 걷기 시작했다.

"너는 꼬마들이 자신을 무시한다고 해서 기분이 상하더냐?"

저들을 꼬마 취급 하는 사람은 무생이 유일할 것이다.

무생은 그렇게 말하고 저 멀리까지 가버린 두 여인의 뒷모습을 바라보았다. 무생은 객잔에 쌓아놓은 삼류 서적들 중에서 경공술 역시 접하였다.

초상비나 허공답보 같은 뜬구름 잡는 말들이 대부분이었지만, 무생은 나름 그것들을 모두 기억해 두었다. 역시 가장 인상적이었던 것은 허풍이나 다름없는 허접한 잡서의 내용이었다.

노잣돈이라도 벌기 위해 삼류 축에도 못 끼는 무림인이 상상을 동원해서 써내려 간 것이었다.

그것은 춘화와 동급 취급받는 잡서의 한 부류였다. 하지만 무생에게는 좋은 참고가 되었다.

─천하무적절대신속보법은 바람을 가르고 막는 것들을 부수며 일직선으로 어디든지 갈 수 있다.

대략적으로 요약해 보자면 이랬다. 물론 가는 길마다 혈향을 일으킨다는 혈풍보나 모든 이를 압도한다는 천마군림보 같은 그럴싸한 이름으로 치장된 것들도 충분히 참고가 되었다.

무생의 이해는 간단했다.

'의서를 봤던 것이 큰 도움이 되었군.'

무생이 의술에 빠지게 된 것은 광노와 만나기 한참 전이었다. 단순히 어려워 보이는 의술에 흥미가 생겨 시작한 일이었다.

무생은 스스로 전염병이 창궐한 곳을 돌아다니며 자신만의 방법을 구상했다. 도중에 스스로 의선이라 칭하는 자를 만났지만 무생은 그에게 관심조차 가지지 않았고 무언가를 묻지도 않았다. 풀리지 않는 문제의 답을 아는 것은 느릴수록 좋았으니 말이다.

정통 의법은 물론이고 좌도라 칭해지는 것들까지 반백 년 동안 연구하자 다시 찾아온 의선이 스스로를 아래로 두며 감복했던 적이 있었다.

무생은 그동안 보아온 모든 것들을 참조하여 그와 비슷한 위력이 나올 수 있게 구상한다. 몇백 년 동안 보아온 자연경관과 득도촌에서의 경험, 그리고 이제는 잊어버린 끔찍했던 전란의 모든 것이 그것을 가능하게 했다.

대개 무공이란 것은 자연을 따라하는 인간의 몸짓이었다. 그렇다면 누구보다 자연을 많이 봐온 무생이 이해 못할 리 없었다.

광노가 걱정한 것은 불사의 특성도 있지만 무생의 이런 무한한 잠재력이었다.

무생은 모든 가능성을 지니고 있다.

"음……."

무생은 끊임없이 치솟는 선천지기를 혈맥으로 보내보았다. 단전이라는 곳은 선천지기를 쓸 만한 내기로 바꾸는 하나의 기관에 지나지 않았다.

무공을 접하면서 자신의 몸 안에 있는 거대한 기운을 깨달은 것이다.

'이것이 죽지 못하게 하는 건가?

눈을 감고 느끼면 선명한 황금색이었다.

그동안 내면에서 몸을 숙이고 있던 거대한 기운이 외부로 뿜어져 나왔다.

너무나 폭발적이어서 보통 고수라면 단전이 박살 나고 모든 혈이 뒤틀렸을 것이다. 입 밖으로 장기들이 뛰쳐나올 수도 있는 압박이었다.

하지만 무생이 지닌 무한의 재생은 단전을 더욱 탄력적으로 이용하게 만들었다.

폭발적으로 쌓이기 시작한 기운은 발출할 곳이 없자 무생의 내부를 끊임없이 공격했다.

'신기하군.'

그동안 느껴본 적 없는 불편함이 무생은 너무나 마음에 들었다. 이것이 바로 병을 얻는다는 감각이었고, 죽음에 이르는 초입이라는 느낌이 강했다.

하지만 그것뿐이었다. 무생의 몸은 절대 상처를 허락하지 않았다. 감각은 있었지만 고통은 느껴지지 않았다.

"으읏?! 오, 오라버니?"

무생은 정면을 바라보았다. 무생의 머릿속에는 오직 그 허무맹랑한 구결만이 자리 잡고 있을 뿐이다.

'직선만큼 빠른 것은 없다.'

그것은 무생도 동의하는 바였다. 무생은 몸 안에 갇혀 있는 내기들을 외부로 분출하며 걸음을 내딛었다.

파아아아!!

무생이 발에 닿은 바닥은 갈라지며 흙먼지를 위로 토해냈

다. 선명하게 찍힌 발자국이 무생이 방금 이곳에 있었다는 것
을 알려주었다.

남궁소연은 거친 바람에 휘청거리다 다급히 정면을 바라보
았다.

"이럴 수가……!"

남궁소연이 느끼기에 무생은 한줄기 빛이었다. 아니, 한줄
기라고 표현하기에는 너무 광폭한 태풍이었다.

무생은 정면에 바위를 가르고 나무를 모조리 토막 내며 오
로지 직진으로 나아갔다. 각종 지형지물이 무생의 육체에 닿
아 부서졌지만 무생은 늘 그렇듯 멀쩡했다.

무생의 경공은 초상비나 입신의 허공답보의 종류가 아니었
다. 그저 미치도록 빠르고 두렵게 느껴질 만큼 강한 단순한 발
자국이었다.

무생의 육체가 무언가에 부딪히면 마치 그곳에 있는 것처럼
잔상이 남았다. 유일하게 속도가 늦춰지는 때이기 때문이었
다.

남궁소연의 눈에 들어온 것은 부서진 사물 위에 군림하고
있는 무생이었다.

'서, 설마 실존되었다고 알려진 천마군림보? 아, 아니 그것
보다는……'

자신의 앞을 가로막는 것은 모조리 부순다. 그 후에 광오하
게 자리 잡고 있는 흐릿한 잔상. 정파의 순리로서는 도저히 이
해할 수 없는 패도적인 신법이었다.

이것은 역천이었다.

이런 패도적인 신법은 결코 본 적도, 들어본 적도 없는 남궁소연이었다.

무생은 무생 나름대로 고민하는 중이었다. 방향 전환에 무리가 있었고, 생각보다 훨씬 빠른 덕분에 무생의 몸은 각종 지형지물과 충돌하고 있었다.

쾅! 콰아아앙!!

일반 고수라고 할지라도 호신강기를 발휘하지 않으면 큰 상처를 입을 정도의 충격이었다. 하지만 무생의 경우에는 오히려 충돌한 것들을 걱정해야만 했다.

무생이 그렇게 충돌하며 나아가고 있을 무렵, 앞서가던 모용천은 설치된 기문진 안으로 들어섰다.

기문진이라고는 하지만 눈속임에 불과할 정도로 수준이 낮았고, 오히려 눈을 가리기보다는 대놓고 이쪽으로 오라는 듯한 느낌이었다.

"겨우 이 정도의 기문진이라니. 허접한 납치범답군. 하긴 출신도 모르는 낭인들이니."

"모용 소협, 이상하지 않아요? 굳이 이 정도 수준의 기문진을 설치하다니 말이에요."

"신경 쓸 거 없습니다. 아무리 강해봤자 이 모용천의 검 앞에서는 일초지적도 안됩니다."

모용천과 당연희의 대화를 듣고 있던 팽하월은 작게 고개를 끄덕였다. 팽하월은 모용천이 왜인지 꺼려졌지만 그의 실력만큼은 믿을 수 있었다.

"모용 소협의 무공 실력은 후기지수 중에서도 가장 뛰어나니 걱정없겠네요."

"그, 그렇습니다! 팽 소저. 하하하."

모용천은 기가 살아나 연신 웃음을 터뜨렸다. 무생이 아직 안 나타나는 것을 봐서 경공 실력이 모자란 자거나 아예 무공 실릭이 뒤떨어지는 자리고 단정 짓는 모용천이었다.

'빨리 만 낭자를 구해야겠어. 영웅은 삼사 첩이 기본이니 당 소저와 팽 소저 역시… 흐흐…….'

모용천은 이런 날을 위해 은밀하게 색공 역시 익혀놓았다. 모용 세가의 무공은 기본적으로 정파의 색을 띠고 있는 무공이기는 하지만 양기가 충만해지는 부작용을 안고 있었다.

때문에 선조가 양천심법을 만들고 그 양기를 청명하게 억누르라고 가르치고 있지만 모용천은 오히려 그 양기를 바탕으로 사파의 하류 방파에서나 취급하는 색양공을 습득했다.

노골적으로 당연희와 팽하월을 번갈아보던 모용천은 헛기침을 한 후에 입을 떼었다.

"아무래도 납치범은 기문진 너머에 있는 듯합니다."

모용천은 아름답기로 소문난 만하연을 보고 싶었다. 멋지게 나타나 구해준다면 분명 자신에게 반할 것이 분명했고, 빨리 일을 치루고 다른 소저들을 공략할 생각이었다.

'사봉을 모두… 흐흐.'

모용천이 그렇게 생각하고 있을 때였다.

콰아아앙!

"이, 이게 무슨 소리죠?"

갑작스럽게 들리는 폭발음에 당연희는 뒤를 돌아보았다. 순간 그녀의 눈이 크게 떠졌다. 어마어마한 속력으로 모든 것을 부수며 다가오는 무생이 보였기 때문이다.

'저, 저런 무공이?!'

제왕의 기운을 담아 상대에게 두려움을 이끌어내는 그야말로 절세의 신법이었다. 팽하월과 모용천 역시 놀라움으로 몸이 굳어졌다.

'아, 아… 무공 실력까지 저리도 출중하시다니!'

팽하월은 이미 무생을 찬양하고 있었고 모용천의 눈에는 질투가 점점 치솟았다.

무생의 신형은 당연희의 옆에 있는 거대한 바위를 부수고 나서야 간신히 멈춰 섰다.

무생이 바위에 반쯤 박힌 자신의 어깨를 떼어내자,

쩌저적!

바위가 그대로 여러 갈래로 갈라지며 바닥에 떨어져 내렸다.

'호흡 하나 흐트러지지 않다니……. 몸을 휘감은 것은 호신강기……?! 이럴수가! 화경의 경지를 이룬 것이 분명해.'

무생의 태연한 모습에 당연희의 눈에 이채가 서렸다. 젊은 나이에 그 정도 경지에 이른 것은 무림 역사상 유례없는 일이었다.

신체조건도 완벽했고 성격이 마음에 들지 않았지만 나머지 조건이 그것을 덮고도 남았다.

'이자를 잡는다면 당문은 다시 부흥할 수 있어!'

그녀의 그런 생각과는 다르게 무생은 당연희에 대해 별다른 신경을 쓰지 않고 있었다.

무생은 흩어지는 안개를 바라보다가 자신이 부순 것들에게서 인위적인 냄새를 맡을 수 있있다.

'뇌노의 술수랑 비슷하군.'

득도촌에 깔려진 기문진과 기관진을 숱하게 봐온 무생이었다. 무생은 뇌노의 그런 것들을 장난질 정도로 여겼으며 실제로 무생에게는 통하지 않는 것들이었다. 무생은 부서진 돌들과 부적 따위를 바라보다가 손을 움직이기 시작했다.

"무 공자, 지금 뭐하시는 건가요?"

"복구."

"그럴 필……."

당연희는 그대로 입을 닫았다. 태연하게 돌들을 다시 배치하는 모습은 기문진을 완벽히 이해하지 않고서는 나올 수 없는 것이었다.

무공뿐만 아니라 기문진까지 뛰어나자 당연희는 점차 숨이 가빠짐을 느꼈다. 그동안 남자들을 볼 때 단순히 후계를 위한 생산도구로 보았는데 무생은 그런 생각을 가볍게 깨버린 남자였다.

당연희는 무생이 어디까지 가능한지 보고 싶었다. 처음으로 남자에게 갖는 감정이었다.

"홍, 어디서 배운 것은 있는 것 같군! 네놈 소저들에게 호감을 딸 모양인데… 허튼짓하지 마라! 얼굴만 번지르르한 네놈과는 어울리지 않는다! 출신 성분도 불분명한 자식이! 혹시 기방의 기둥서방 아니냐? 하하하!"

모용천은 무생에게 다가와 살기까지 띠더니 내공을 일으키며 무생을 압박했다. 무생은 딱히 화가 나거나 하지 않았다. 그러고 보니 화를 낸 적이 생각나지도 않을 만큼 오래전이었다.

자신을 화나게 한다면 그것은 칭찬받을 만한 일이었다. 분명 신선한 감각일 테니 말이다.

무생은 모용천이 내뿜는 살기 속에서 뇌노의 수법이 떠올랐다.

"자연 속에는 생사고락이 담겨 있어 우리는 그저 그것을 비추는 거울일 뿐이라네. 어떻게 배치하느냐에 따라서 단 한 가지 마음만 증폭시킬 수 있지. 광노가 백팔지옥이 어쩌고 하지만 이것이야말로 지옥, 그 자체라네."

"돌덩이 몇 개 가지고 지옥 운운하다니, 자네도 죽을 때가 다 되었군."

"허허, 속는 셈치고 한번 봐보게. 눈물을 질질 짜며 똥오줌 못 가리는 애들을 볼 수 있을 거야. 정신 차리게 하기에는 딱이지! 버릇없는 아해가 있으면 사용해 보게. 허허허!"

무생은 겸사겸사 허접한 기문진을 재배치하기 시작했다.

깃발이나 악기 따위 없이 자신의 내기를 주입해 부서진 부분을 복구하였다.

'이건 여기다 배치하고… 이렇게 하던가?'

기문진에 대한 지식 자체는 얕았지만 무생은 본능적으로 자연을 이해하고 있었고 팔괘의 뜻 역시 알고 있었다.

구십 년간 봐온 뇌노의 기문진이 머릿속에 선명하기만 하다. 보통 기문진은 하늘의 조화를 땅에 펼친 것이지만, 이 수법은 한 걸음 더 나아가 사후의 세계를 환상으로나마 강림시키는 사이한 방법이었다.

본래 뇌노는 죽기 전에 저승을 본다는 이유로 저승을 현세에 끌어오는 방법을 연구했었다.

물론 이 연구는 실패했지만 성과는 있었다. 뇌노가 그렇게 백여 년을 고안하여 만든 지옥강림진이 여기서 펼쳐지는 것이다.

"내 말 안 들……."

검까지 뽑으려는 모용천을 무시한 무생은 마지막 돌을 교묘한 자리에 배치했다. 그러자 흐려지던 안개가 순식간에 짙어지며 사방을 메웠다.

"무 공자님, 이 기문진은 도대체……?"

"윽, 가슴이 답답하네요."

정순한 산의 기운이 사라지고 사이한 탁기가 지상에서부터 치솟기 시작했다. 물론 무생에게는 별다른 효과가 없었다.

당연희와 팽하월은 현기증이 나 비틀거리다가 주위가 어두워지자 온몸이 떨릴 만큼 두려움이 엄습했다. 그러다가 무생의 곁으로 오자 다시 정상으로 돌아왔다.

당연희는 놀라움에 무생을 뚫어지게 바라볼 수밖에 없었다.

'생문이 존재하지 않아. 아니, 이 남자 자체가 바로 생문이었어! 이런 말도 안 되는 기문진이 존재하다니! 이자는 왜 이런 것을 만든 거지?

제갈세가에서 본다면 혀를 깨물고 죽을 정도의 기문진이었다.

당연희는 무생이 두려워졌다. 팽하월은 영문을 모르겠다는 듯 무생을 바라보다가 굳어 있는 모용천을 바라보았다.

"모 소협?"

팽하월은 걱정이 섞인 어조로 모용천을 불렀다.

"으, 으아아아아악!!!"

모용천이 이상해진 것은 그때였다. 모용천은 갑자기 검을 뽑더니 마구잡이로 휘두르기 시작했다. 그러다가 몸을 부르르 떨었고 발버둥 치면서 옷을 벗기 시작했다.

"어, 어머?!"

"모 소협?!"

팽하월과 당연희가 있다는 것도 눈에 안 들어오는 듯 입에 거품까지 물고 옷을 다 벗어버린 것이다. 무생은 갑작스럽게 모용천이 그런 행위를 하자 속으로 당황했다.

‘뇌노 말대로 확실히 교육이 되긴 하겠지만…….’

무생이 생각했던 것보다 훨씬 악랄한 기문진이었다.

모용천은 바닥을 구르며 눈물, 콧물을 다 쏟아내기 시작했다. 현재 모용천은 지금 몸소 지옥을 경험하는 중이었다. 끔찍한 귀신과 벌레들이 몸에 달라붙었고, 그의 살을 갉아먹었다. 막대한 고통은 환상이 아니라 현실로 다가왔다.

거기다가 그의 사타구니 사이로 기어올라 와 모든 것을 먹어치우기 시작했다.

상실의 고통이 느껴졌다.

“싫어! 으아아악! 하지 마!!”

푸드득!

그녀들이 보는 앞에서 똥오줌을 지리더니 옷과 함께 마구 구르기 시작하다가 그대로 얼굴을 틀어박고 기절해 버렸다. 당연희와 팽하월은 충격을 받아 멍해진 눈으로 그 장면을 바라보았다.

“아…….”

“우웃…….”

당연희와 팽하월은 풍겨오는 냄새에 눈을 돌렸다. 당연희는 무생의 기문진을 눈치챘지만 팽하월은 그렇지 못했다. 팽하월의 눈에는 갑자기 모용천이 미쳐서 날뛴 것으로 보일 뿐이었다.

무생은 뜻하지 않는 상황에 눈을 깜빡이다가 옆에 있는 놀을 부수어 기문진을 해체했다. 잘못했다가는 분명 이곳은 지옥이라 불리게 될 것이다.

"무 공자, 당신은 도대체……."

"무엇을 말인가?"

무생은 뻔뻔하게 나가기로 했다. 어쨌든 저렇게 된 것은 모용천의 탓도 있으니 말이다. 무생이 아무렇지도 않다는 표정을 짓자 당연희는 흠칫 놀라며 몇 걸음 물러났다.

"음? 오라버… 아니, 도련님?"

"왔군."

"먼저 가셔서 놀랐습니다만, 저자는 도대체 왜……?"

뒤늦게 도착한 남궁소연이 바닥에 누워 있는 모용천의 꼴을 보더니 눈썹을 찡그렸다. 남궁소연의 눈에는 온몸에 똥오줌을 발하고 기절한 것으로밖에 보이지 않았다.

무생은 헛기침을 하고는 입을 뗴었다.

"…어제 과음을 했나 보군."

"모용 소협의 술버릇이 영 좋지 않네요."

팽하월만이 그 말을 믿을 뿐이었다.

第十二章

함정

　무생은 모용천이 정신을 차리기 전에 주변을 돌아볼 목적으로 자리에서 일어났다. 모용천에게서 나는 냄새가 견디기 힘들 정도로 역겨운 터라 이 자리에 있고 싶지 않았다.

　"어디 가시는 건가요?"

　"산책."

　"네? 모용 소협도 자리에 없는데, 그렇다면 누가 저를 지켜주나요? 무 공자님께서 저를 지켜주셔야지요!"

　팽하월이 그렇게 말하자 무생은 고개를 설레 저으며 입을 떼었다.

　"싫어."

　"네?"

"너에게는 내가 관심을 가질 만한 것이 있나?"

팽하월은 무생의 말에 얼굴을 붉히며 몸을 떨었다. 무생의 말은 그녀에게 있어서 처음 겪는 모욕이었다. 기분은 나쁘기보다는 서글펐다. 자신이 평소에 저런 식으로 남을 대했는데 자신이 겪어보자 마음이 흔들리는 것이다.

"무 공자, 저희는 만 소저를 구하러 왔어요. 그런 개인 행동은 용납할 수 없어요."

"그럼 용납하지 않도록 해라. 나는 상관없으니."

"무 공자, 당신!! 이런 식으로 나오면 무림맹에서 가만히 있지 않을 거예요!"

"흠, 무림맹이란 곳에 천하삼절이 있다고 했나?"

"그래요! 그분들에게 밉보이면……."

"잘됐군. 그렇다면 가서 일러 바치거라."

"네?"

그렇게만 된다면 무생은 더할 나위 없이 좋았다. 남궁소연의 말로는 천하삼절은 인세의 신선과 마찬가지니 자신을 능히 죽일 수 있다고 했다.

그런 자들에게 밉보인다면 죽을 확률이 더욱 올라가니 무생으로서는 격렬히 환영할 수밖에 없었다.

신선이나 마찬가지인 자들이나 천기니 법도니 뭐니 해서 자신을 안 죽이겠다고 하면 곤란했다.

"웬만하면 나서지 말고 돌아가."

"기, 기다려요! 무 공자!"

무생은 눈길조차 주지 않고 그대로 몸을 돌려 숲 속으로 사라졌다. 남궁소연 역시 뒤를 따랐다.

당연희는 자존심이 상해 입술을 깨물었다. 자신을 화나게 하는 것보다 자신에게 눈길조차 주지 않는 것이 더욱 화가 났다.

자신까지도 모자라 무림맹조차 신경 쓰지 않는 남자는 처음이었다. 왜인지 당연희는 화가 나기보다는 답답했던 가슴이 시원해졌다.

"정말 제멋대로인 남자예요. 그래도 예쁜 여자를 보호하는 것이 남자의 기본 아닌가요?"

"그건 동의할 수 없지만… 제멋대로인 건 확실하네."

당연희의 살짝 미소 짓는 모습을 팽하월은 보지 못했다.

"모용 소협의 반만 닮았으면 사귀어줄 텐데 말이죠!"

팽하월은 그런 말을 하며 모용천을 떠올렸다가 얼굴이 새파랗게 변했다.

"그, 그 말은 취소할게요."

갈색이 넘치는, 그 끔찍한 광경은 소녀의 마음에서 쉽게 사라지지 않았다. 앞으로 일주일 동안은 제대로 식사를 못할 것만 같은 생각에 팽하월은 몸을 떨었다.

한편, 무생은 홀로 산을 돌아다녔다. 딱히 저들이 싫은 것은 아니었지만 만복금의 부탁도 받았으니 만하연을 구하는 것은 자신이어야만 했다. 만복금은 무생이 무림맹의 노여움을 살까 걱정했지만 무생은 그것이 오히려 바라는 바였다.

"오라버니에게 들러붙는 건 용납할 수 없지만 모용천 같은 자에게 구해진다면 만 소저의 인생이 불쌍하긴 하네요.”

“모용천? 그자가 어때서?”

“몰라서 물으시는 거예요?”

무생은 잠시 생각에 빠졌다가 입을 떼었다.

“다소 색을 밝히고 버릇이 없기는 하나 그럭저럭 사내 구실은 하지 않느냐. 음, 좀 냄새가 나긴 하지. 둘이 결혼한다면 그것도 상당히 재미있겠군.”

지옥강림진에서 나온 탁기가 오장육부에 스며들어 모용천의 체취는 굉장히 끔찍하게 변했다. 후에 연공에 힘쓴다면 해결될 테지만 그때까지는 그러한 점을 감수해야만 했다. 지금은 걸어 다니는 똥 덩어리나 마찬가지였다.

“…오라버니, 의외로 잔인하시네요.”

“만하연과 잘 어울릴 것 같기는 하다만, 일단 부탁받았으니 어쩔 수 없지.”

무생은 남궁소연을 바라보았다.

“그건 그렇고, 그 얼굴로 말하니 적응이 잘 안 되는구나.”

“으, 웃! 저도 이걸 하고 싶어서 하는 게 아니에요.”

“하하하!”

무생은 간만에 진심으로 호쾌하게 웃었다. 몇십 년 만에 이렇게 웃는 건지 기억조차 나지 않았다. 늘 무미건조한 생활을 하고 있는 자신이 어리석게 느껴질 만큼 대단한 기분이었다.

버릇없는 꼬마들이랑 지내는 것도 나쁘지 않은 기분이었다. 새로운 경험은 좋은 활력소였고, 죽음을 잊게 해주는 재료였다.

"역시 함정인 것 같군요."

"그래."

"제 존재가 여러 사람에게 피해만 주네요."

"나쁜 것은 강도지, 백성들이 아니지 않느냐."

무생은 그렇게 말하고는 천천히 주위를 살펴보았다. 숲이 울창하다고 해서 인적이 없다는 뜻은 아니었다. 무생은 숲 곳곳에서 인위적인 것을 느낄 수 있었다.

상당히 많은 인원이 은밀하게 숲을 오갔고, 그와 다른 소속의 자들이 얼마 전 드나들었다는 것까지는 읽어낼 수 있었다.

영생산에서 구십 년간 단련된 감각 덕분이었다. 숲을 능숙하게 뒤지던 무생은 너무나도 쉽게 많은 인원이 상주하는 산채를 발견했다.

본래 녹림에서 떨어져 나온 방파였지만 음지의 일에 손을 대면서 사파로 분류된 자들이었다. 역사도 꽤나 깊었고 실력도 출중해서 사파연합의 원로 방파로 대우를 받고 있었다.

"저들은 흑호방이군요."

"만하연이 저기에 있지는 않겠지?"

"저를 노리는 자들은 여태까지 만나보지 못한 특수한 자들이에요."

그날 밤, 남궁세가를 도륙한 자들은 도저히 알 수 없는 세력들이었다. 그녀가 여태까지 생각한 정과 사의 개념을 모두 초월한 존재들이었다.

남궁소연은 그들이 원하는 것은 혈마지존의 비급이라고 생각했지만 여태까지 자신을 뒤쫓는 것을 보면 다른 무언가가 있음을 직감했다.

"여기서는 조심하는 것이 좋을 것 같네요. 구파일방에서도 주시하고 있는 방파예요."

그때, 무생은 고개를 돌려 얼마 떨어지지 않은 곳에서 인기척을 느꼈다.

"얼마 떨어지지 않은 곳에 다른 집단이 있군."

"네? 이 산의 주인은 흑호방일 텐데요."

"아무래도 너를 노리는 자들은 흑호방 사람들이 아닌 것 같은데?"

차분하게 알아볼 필요가 있었다.

일단 뒤로 물러나려던 무생이 멈춰선 것은 그때였다.

*　　　*　　　*

정신을 차린 모용천은 강한 수치심을 느꼈다. 자신이 기절하기 전에 한 모든 행위들이 또렷하게 기억났기 때문이다. 아름다운 소저들의 찡그린 표정으로 자신을 피하자 그는 세상이 무너진 것 같은 좌절감을 맛보았다.

이게 무슨 추태란 말인가!

결국 모용천은 근처 계곡에 가서 홀로 쓸쓸히 옷을 닦아야만 했다. 하지만 빨래라고는 해본 적이 없는 모용천이 흔적을 온전히 지울 수 있을 리가 없었다.

누렇게 변색된 옷이 보이자 모용천은 분노로 얼굴이 일그러졌다.

'무생, 네놈만큼은……!'

분명 그자가 자신을 골탕 먹이기 위해 한 짓이다! 모용천은 그렇게 생각할 수밖에 없었다.

으득!

그는 이를 갈았다.

자신의 추태가 기억나자 모용천은 목숨을 끊어버리고 싶을 만큼 수치를 느꼈다. 아름다운 두 소저 앞에서 발가벗은 것도 모자라 그러한 행동까지 했으니 여태까지 쌓아올린 호감도가 모두 무너져 내린 것이다.

그 누가 똥싸개를 좋아하겠는가.

'크, 기회를 봐서 강제로라도!'

모용천을 엄청 더러운 것을 보는 양 바라보는 당연희와 팽하월의 시선에 그는 분노가 일었다. 자신을 그런 식으로 바라본 자는 누구도 없었기 때문이다. 자신이 익힌 색공을 쓴다면 분명 자신의 몸을 갈구하는 노예가 되리라 믿어 의심치 않았다.

홀로 외롭게 빨래를 하던 모용천은 누렇게 물든 옷을 입어보고는 몸을 부들부들 떨었다.

"네놈, 무생!!! 으아아아아!!"

모용천이 그렇게 울부짖다가 숲에서 느껴지는 기척에 검을 뽑았다. 매끄러운 동작이었지만 역시 누런 옷 때문에 보양새가 좋지 않았다.

"누구냐!"

모습을 반쯤 드러낸 것은 검은 복면을 쓴 자였다.

"그자의 동료로군. 무생, 그래. 그런 이름이었지."

"네놈은 누구지?"

"그자의 여자를 구하러 왔나?"

"그자의 여자?

검은 복면은 살기를 일으켰다.

"만하연. 그자의 여자가 아닌가. 우리의 조건은 간단……."

"무생의 여자란 말인가? 만 낭자가? 네놈이 그 납치범이군! 거짓말 마라! 만 낭자는 내 것이다!"

모용천이 검을 뽑아 검은 복면에게 달려들었다. 갑자기 말을 끊고 달려드는 모용천에 당황한 검은 복면이었지만 암기를 던지고는 몸을 뒤로 날렸다.

쉬익!

모용천은 부드럽게 검을 움직이며 암기를 쳐냈다. 검은 복면을 쓴 자의 눈썹이 일그러지는 것이 보였다. 모용천의 누런 옷을 보고는 피식 웃음을 흘리더니 빠르게 그 자리를 이탈했다.

"사파의 잡배가 감히!!"

모용천의 얼굴은 분노로 물들었다. 그는 전신 내공을 전력으로 일으켜 검은 복면을 쓴 자를 뒤쫓았다. 그의 보법은 일류의 극치였지만 검은 복면을 따라잡을 순 없었다.

"거기 서라! 내 검을 받아랏!"

모용천이 달려가는 모습이 당연희와 팽하월의 눈에 들어왔

다. 굉장한 신법이었지만 은은하게 퍼지는 냄새가 그녀들의
눈썹을 찡그리게 했다.

"아무래도 발견한 것 같군요."

"우리도 쫓아가요! 언니!"

"하지만 무 공자가……."

팽하월이 먼저 경공을 쓰자 당연희도 어쩔 수 없이 그녀를
따라갔다.

모용천이 정신없이 검은 복면을 뒤쫓아 도착한 곳은 어느
동굴 앞, 확 트인 공터였다.

검은 복면이 멈추자 모용천은 숨을 헐떡이다가 검을 뽑아
그에게 겨누었다. 모용천은 어느새 공터 중앙에 서 있었다.

"모용 소협!"

팽하월이 먼저 도착하고 당연희가 뒤따라 도착했다. 모용천
옆에 다가가지는 못하고 조금 거리를 벌리며 검은 복면과 대
치를 했다.

"저자가 바로 납치범입니다!"

모용천에 말에 당연희는 암기를 꺼내었다. 팽하월도 검을
꺼내며 그를 노려보았다.

"네 눈앞에 있는 자는 육룡사봉 중 일룡, 벽천일룡 모용천이
다."

모용천이 스스로를 그렇게 호기롭게 소개했다. 당연희도 한
걸음 다가갔다.

"당신은 지금 무림맹과 대적하고 있는 것입니다. 순순히 투항하시지요."

"무림맹이라……. 이상하군. 그자는 무림맹 소속이 아닐 텐데."

검은 복면은 그렇게 나지막하게 중얼거리다가 오른손을 들었다.

"모두 살려둘 필요는 없겠지."

검은 복면의 말이 끝나자 공터의 밖에서부터 검은색 일통의 사내들이 모습을 드러냈다.

눈은 달빛과 섞인 살기로 일렁였고 검을 검게 칠해놓아 달빛에서조차 반사되지 않았다. 소리 없이 나타나는 모습은 이들이 모두 일류를 넘어선 절정 무인임을 여지없이 알려주었다.

'일급 살수?! 그것도 이렇게나 많이?'

당연희의 얼굴에 낭패가 서렸다. 이들은 분명 체계적으로 교육을 받은 살수가 분명했다.

살수의 무서운 점은 자신보다 경지가 높은 자를 암살할 수도 있는 가능성이었다. 게다가 아직 일류의 문턱을 밟고 있는 이들에게 있어서는 너무나 버거운 상대였다.

"다, 당신들, 정체가 뭐지요? 일개 납치범이 아니군요! 무림맹에서 가만히 있을 거라 생각하나요!"

"네놈들을 모두 죽이면… 누구 탓으로 생각할까?"

당연희의 눈이 크게 떠졌다.

"흑호방……!"

"다, 당 언니, 어, 어떡하죠?"

팽하월은 떨리는 손을 주체할 수 없었다. 너무나 무서웠다.
그녀 역시 일류에 든 무인이기는 하지만 실전은 처음이었고
자신보다 뛰어난 자들을 상대해 본 적은 없었다.

눈물마저 머금은 그녀는 남정네들의 동정을 사기 충분했지
만 이들은 모두 감정을 지운 살수들이었다.

"무, 물러나라! 이 모용천이 가만 두지 않겠다!"

모용천은 벽천검법을 운용하며 눈앞에 있는 검은 사내에게
달려들었다. 대장으로 보이니 이자만 제압한다면 충분히 벗어
날 수 있을 거란 희망 때문이었다.

벽천검법은 모용세가에게 영광을 안겨준 검법이었다. 본래
맑은 푸른빛의 검기가 맺혀야 하지만 모용천의 심성에 탁기가
가득 차 검푸른 빛깔이었다.

하늘을 닮은 심성, 그것으로 만든 검법이라는 속뜻을 지니
고 있지만 모용천이 이해할 수 없는 경지였다.

'이 거리에서 피할 수 없을 것이다!'

분명 벽천검법의 정수를 쏟아낸 초식이었다. 뿜어져 나간
검푸른 검기는 충분히 일류 고수의 육체를 가르고도 남을 것
이다. 모용천은 자신의 승리를 의심치 않았다.

하지만,

"뭐, 뭐라고?!"

모용천의 얼굴은 경악으로 물들어갔다. 그것은 당언희와 팽
하월 역시 마찬가지였다.

“거, 검강?!”

“검강이라구요?!”

자신들의 눈앞에 펼쳐진 장면은 적색의 검강이 검 위로 한 자 정도 치솟아 있는 검은 사내의 검이었다.

“화경의 고수……!”

화경을 밟는다면 충분히 무림백천에 이름을 올릴 만한 고수란 뜻이었다.

절대 육룡사봉 따위가 상대할 자가 아니었다. 모용천은 겁에 질려 부들부들 떨다가 검을 떨어뜨렸다.

“시, 싫어! 살려줘!”

“모용 소협…….”

팽하월이 겁에 질린 모용천을 물기 어린 눈으로 바라보았다. 의지하고 싶었지만 의지하고 싶었던 상대는 저렇게 목숨을 구걸하고 있었다.

“나, 나는 모용천이다! 나, 날 죽이면…….”

“널 죽이면?”

“으, 으윽! 살려주세요! 제발……! 그, 그래 저는 무, 무생의 친구입니다. 부, 분명 쓸모가 있을 거예요!”

검을 내려치려던 화경의 고수가 검을 내리며 모용천을 바라보았다.

“그자의 친구라. 흠…….”

“사, 살려주세요!”

화경의 고수는 그자를 생각해 보았다. 자신들이 원하는 것은 남궁소연이었으니 그자와 협상을 해본다면 피해 없이 끝날 일일지도 몰랐다.

애초부터 그럴 이유 때문에 만하연을 납치한 것이었다.

'지원 없이 일을 마무리 짓는다면 나를 중요히 쓰시겠지.'

그 한 번에 싸움에서 많은 것을 잃었다.

도저히 이길 방도가 없어 보이는 무생의 약점을 잡는 것은 더할 나위없는 좋은 기회였다.

무생이 남궁소연의 위치를 알고 있을 것이니 그자만 잘 구슬린다면 일이 잘 풀릴지도 몰랐다.

"너희도 그자의 여자인가?"

당연희와 팽하월은 서로 눈을 마주치더니 고개를 간신히 끄덕였다. 여기서 죽고 싶지는 않았기 때문이다.

"역시 그 정도 되는 고수는 다르군. 좋다. 끌고 가라!"

"존명!"

무릎을 꿇고 빌던 모용천이 순식간에 제압당하자 전의를 잃은 그녀들도 무기를 떨굴 수밖에 없었다.

"가, 감사합니다. 흐, 흐윽."

모용천은 화경의 고수의 바짓가랑이를 붙잡고 그렇게 흐느꼈다.

포박당한 그들이 끌려간 곳은 동굴 깊은 곳이었다. 동굴의 끝에는 그럴싸하게 만들어진 김옥이 존재했는데 그곳에 민하연이 묶여 있었다.

얼굴이 초췌하기는 하나 눈빛만큼은 또렷했다.

"이 자식들! 날 풀어주지 못해!! 응?"

모용천과 팽하월, 그리고 당연희가 감옥 안으로 들어오자 만하연은 눈을 깜빡일 수밖에 없었다.

"마, 만 낭자!"

"음? 누구?"

"나, 나요! 모용천!"

만하연은 모용천에게서 나는 냄새에 인상을 찡그렸다. 눈물 콧물이 잔뜩 묻어 있는 모용천의 얼굴은 가히 보기 안 좋았다.

"일룡으로 이름 높은 모용 소협이 언제부터 똥싸개에 코흘리개였나요?"

"여, 여기엔 사정이……."

도움을 구하는 눈으로 팽하월과 당연희를 바라보았지만 그녀들은 차갑게 그 시선을 외면할 뿐이었다.

"크흑, 이, 이게 다 무생, 그 자식 때문이야! 으아아악!"

뿌우웅!

모용천의 몸 안에 있던 탁기가 빠져나왔다. 역겨운 냄새가 감옥 안에 퍼져 갔다. 모용천은 고개를 숙인 채 말없이 그렇게 있을 수밖에 없었다.

"그, 그분이 오셨어요? 날 구하러?"

만하연의 얼굴이 벌겋게 변했다. 팽하월은 겁에 질려 당연희의 옆에 꼭 붙어 있었고, 당연희는 나름대로 탈출하기 위해 주위를 둘러봤다.

"소용없어요. 저도 몇 번 탈출하려 했지만, 저자들 보통이
아니에요. 우리 구면이죠?"

"이렇게 보니 반갑네요."

만하연의 말에 당연희가 힘없는 웃음을 지으며 그렇게 말했
다.

"확실히 보통 자들이 아니었어요."

"그래도, 목적이 있는 이상 우리를 쉽게 해치진 않을 거예요."

"목적이라……."

만하연의 말에 그렇게 중얼거린 당연희는 도대체 왜 이런
자들이 만하연을 납치했는지 이해가 되지 않았다.

"그분과 함께 오셨나요?"

"그분이라면, 무 공자 말씀인가요?"

"네!"

"그분과는 어, 어떤 사이이신가요?"

당연희는 상황에 맞지 않게 이런 말을 하는 자신에게 놀랐
다. 팽하월 역시 눈물을 닦아내고는 만하연을 바라보았다.

"보통 사이가 아니게 될 사이예요! 지금은 아니지만 부, 분
명 날 구하러 온 것은 나에게 마음이 있어서가 아니겠어요?"

"그, 그런가요?"

당연희는 무생의 모습을 떠올려 보니 만하연의 말에 쉽게
동의할 수 없었다. 지금껏 겪어온 무생은 도저히 누군갈 위해
서 움직일 성격이 아니었기 때문이다.

*　　　*　　　*

　뒤로 물러나는 것을 멈춘 무생은 모용천과 당연희 그리고 팽하월을 발견할 수 있었다. 이토록 쉽게 주목을 끈 가장 큰 이유라면 바로 모용천이었다. 제법 멀리 떨어져 있었지만 달빛을 받아 일렁이는 누런 옷이 보였고, 그 냄새가 곁에 있는 것처럼 떠올랐다.

　"으……."

　"그자다."

　남궁소연은 주춤 물러나며 구토를 참을 정도였다. 무생은 조용히 물러나며 흑호방 영역에서 빠져나왔다. 그리고 모용천이 남긴 흔적을 최대한 기척을 죽인 채 쫓아갔다.

　무생과 남궁소연이 주변에 도착했을 때 이미 상황은 끝이 나 있었다.

　"잡혔군요."

　"그렇군."

　"저기 목숨을 구걸하는 자가 그 모용천인가요?"

　"그런 것 같군. 부럽군. 저렇게 자기 목숨에 집착하는 것을 보면 말이지."

　무생도 죽기 싫었던 적이 분명이 있었다. 지금은 너무 오래되어서 생각조차 나지 않지만 말이다.

　저렇게 목숨을 구걸할 정도로 자기를 아낀다는 점은 높이 살 만하다고 생각했다.

“저들을 건들면 무림맹에서 가만히 있지 않을 텐데, 설마 흑호방을 이용하려는……!”

“어찌 되었든 상관없겠지. 우리야 만하연만 구해가면 된다.”

“저들은 그냥 놔두실 생각인가요?”

무생은 어깨를 으쓱했다. 무생은 늘 자기가 하고 싶은 것을 했다. 만복금에게 혼이 나고 있는 요리사를 구한 것도 마음이 내키기 때문이었고, 만하연을 구하러 온 것도 만복금의 부탁도 있지만 단순한 시간 죽이기밖에 되지 않았다.

“난 깊게 생각하지 않아. 그냥저냥 하다 보면 어떻게든 되게 마련이거든.”

다소 냉정하다고 느껴질 수 있지만 모용천, 당연희 그리고 팽하월은 무생의 관심을 끌지 못했다. 관심이 없는 것이라면 전혀 신경 쓰지 않는 무생이다.

“게다가 저들은 너를 괴롭힌 자들과 같은 곳에서 온 사람이지 않느냐.”

남궁소연은 무림맹에서도 은근슬쩍 추격대를 보내왔던 것이 기억이 났다.

“그건 그렇지만…….”

무생은 모용천과 그녀들이 허무하게 제압당해 끌려갔음에도 그 자리를 지켰다.

정적이 자리 잡았다. 하지만 지루한 시간은 그리 길지 않았다. 가만히 있던 무생이 공터 너머의 동굴을 바라보았다.

“모두 데리고 나왔군.”

상황이 제법 흥미롭게 돌아가고 있었다.

무생의 말처럼 동굴에서는 검은 복면을 쓴 자들이 만하연을 포함한 모두를 끌고 나와 공터 중앙에 무릎을 꿇게 했다.

화경의 고수는 검을 뽑더니 만하연의 목에 검을 겨누었다.

“으윽! 저, 저리 치우지 못해!”

“근처에 있는 거 안다. 나오지 않으면 이 여자의 목을 베겠다.”

무생은 고민 없이 자리에서 일어나며 공터로 걸어갔다.

“오라버니?!”

남궁소연은 대책 없이 그냥 걸어 나가는 무생에 당황하며 몸을 숨기고는 상황을 주시했다.

‘말은 그렇게 하셨지만, 무슨 계획이라도 있으신 건가?’

남궁소연의 그런 생각과는 다르게 무생에게 딱히 생각한 계획은 없었다. 애초부터 무림에 나온 무생의 목적은 단 한 가지, 바로 자신의 죽음이었다.

“드디어 모습을 드러내는군.”

암살대를 이끌고 있는 화경의 고수가 목소리를 내리깔며 말했다. 달빛을 받으며 천천히 드러나는 무생의 모습은 암살자들을 뒤로 물러나게 할 만큼 압도적이었다.

기도는 쌓인 세월을 말해주었고 아무런 기세를 일으키지 않아도 퍼지는 위압감은 화경의 고수의 손에서 땀이 나게 했다.

‘역시 현경, 그 이상의 고수!’

정파의 최고봉인 구파일방의 장문인으로서도 손색없는 경지라 말할 수 있었다.

만하연은 자신의 목에 칼이 겨누어져 있음을 알면서도 가까이 다가오는 무생에게서 눈을 뗄 수 없었다. 그것은 당연희, 그리고 팽하월 역시 마찬가지였다.

'날 구하러 목숨을 걸고……'

만하연은 넋을 잃은 지 오래였고 당연희는 이 상황을 잊을 만큼 오로지 무생만이 보였다. 팽하월은 눈물마저 흘리고 있었다.

'무생, 네 이놈!!!'

오로지 모용천만이 핏발이 선 눈으로 무생을 바라볼 뿐이었다.

"그러고 보니 통성명도 하지 않았군. 흑살군이라 불러주시오."

"무생."

당연희는 흑살군이라고 자신을 소개하자 정신을 차렸다. 흑살군은 그녀가 어렸을 때 산동지방에서 명성을 떨치던 특급 살수였다.

그때 당시에는 화경에 이르지 못했지만 자신보다 고수인 자들을 암살했을 만큼 대단한 실력을 지닌 자였다. 또한 무림에는 살성이라 불리며 알려져 있었다.

그런 자가 새까만 후배인 만하연을 납치한 것이다.

"보다시피 무공은 그대가 높지만 상황은 우리가 유리한 것 같소."

"그래서 어떻게 할 작정이지?"

"우리가 원하는 것은 그 여자뿐이오."

무생은 그 여자가 남궁소연임을 알아차렸다.

"싫다면?"

"설마 자신의 여자들보다 무림에서 마녀라 불리는 여인을 감싸는 것이오?"

무생은 고개를 갸웃하다가 그녀들과 차례차례 눈을 맞추었다. 만하연은 물론이고 당연희와 팽하월은 얼굴을 붉히며 고개를 돌렸다.

"그냥 날 죽이는 것이 어떤가?"

"무슨 말이오?"

"날 죽이고 가져가면 되지 않나."

"무공을 겨루자는 것이오? 거절하지. 허튼짓이라도 한다면 바로 목을 긋겠소."

무생은 고개를 저었다.

"가만히 있을 테니 어서 날 죽여봐라."

"뭐라?!"

무생은 가만히 서서 두 팔을 벌렸다.

"흐흑, 제가 그렇게 소중한 건가요?"

"저희를 위해서……."

"무 공자님……."

만하연과 당연희, 그리고 팽하월은 무생의 행동에 각각 착각의 늪에 빠져 버렸다. 멀리서 이를 지켜보던 남궁소연은 조마조마한 표정으로 청명검을 만지작거릴 뿐이었다.

남궁소연의 살기가 적들을 향하는지 아니면 저 여인들을 향하는지 그 누구도 알 수 없었다.

"흑살군, 네 손에는 인질이 있고 나는 반항조차 하지 않겠다. 그러니 어서 죽이거라."

"여전히 알 수 없는 자로군. 금강불괴의 육체를 믿는 건가? 좋소. 손가락 하나라도 움직인다면 이 목을 바로 베겠소."

흑살군이 손짓하자 주변에 대기하고 있던 수하들이 검을 뽑으며 무생에게 달려들었다. 흑살군은 안법을 돋구어 무생이 움직이는지 경계하며 관찰했다.

"쳐라!"

흑살군의 수하들은 진법을 구축하며 무생의 주변을 맴돌다가 달려들기 시작했다.

목을 향해 검이 베어지고 사지를 자를 기세로 검들이 꽂혀 들어왔다. 사혈과 주요 급소 모두를 노린 수십의 일격은 아무리 고수라도 맨몸으로 받아낼 수 없는 것들이었다.

저번의 경험이 있어서인지 그들은 검기를 일으키지 않고 오로지 날카로운 예기만으로 무생을 베어갔다.

"크윽!"

"으윽!"

하지만 튕겨져 나온 것은 흑살군의 수하들이었다. 무생은 여전히 두 팔을 벌린 채 흑살군을 바라보고 있을 뿐이었다.

"역시 금강불괴!"

“독을 써라!”

품에서 독주머니를 꺼낸 수하들이 무생을 향해 던졌다. 당연희는 그 독이 무엇인지 알아보고는 격해진 감정으로 무생을 바라보았다.

‘무 공자…….’

뼈마저 순식간에 녹일 정도의 독이었다. 하지만 무생의 옷깃조차 타게 할 수 없었다. 몸을 덮고 있는 선천지기가 그 즉시 독을 정화시켜 버린 것이다.

“마, 만독불침?!”

“독경으로 공격하라!”

독과 내공을 침투시켜 혈맥을 뒤틀리게 하는 수법은 암살자들이 즐겨 쓰는 수법이다.

심후한 내공이 있다고 하더라도 삼십이 넘는 인원이 펼치는 독경은 견디기 힘들 것이다.

터엉!

하지만 소용없었다. 무생의 앞에서는 모두 허무하게 사라질 뿐이었다. 흑살군은 상식을 초월하는 광경에 입을 떡하니 벌릴 수밖에 없었다. 무생은 약조대로 손가락 하나조차 움직이지 않았고 내공조차 끌어 올리지 않았다.

오히려 무리한 공격에 의한 반발력으로 수하들만이 내상을 입을 지경이었다. 만하연의 목에서 피가 흘러나왔지만 무생은 눈 하나 깜짝하지 않았다.

흑살군의 검이 떨렸다.

흑살군은 잊고 있던 호승심이 다시 꿈틀거리기 시작했다. 저 광오한 자의 몸에 흔적을 새겨 넣을 수 있다면 자신도 늦게나마 무언가를 이루지 않겠느냐는 그런 마음이 생겨났다.

"애초부터 우리를 봐주고 있었군. 무생, 그대는 자연을 이해한 것이오?"

"바보냐? 자연 따위 이해해서 무어할까."

"…그렇군. 그랬어. 하하하!"

자연을 역천하는 탈마의 경지.

자연의 역천은 사파의 경지 중 입마를 넘어 정과 사의 경계가 무너지는 경지였다. 무림에서 말하는 탈현경, 혹은 생사경의 초입이었다.

현경의 고수를 상대해 본 자신이 어째서 저자에게 상처 하나를 입힐 수 없는지 깨달았다. 탈마의 고수라면 자신을 쉽게 제압하고 인질을 구출할 수 있을 것이다.

내공은 바다와 같고 신법은 하늘에 닿았으며 검은 능히 태산을 가른다는, 무려 탈마에 이른 자였다.

무생의 알 수 없는 눈동자는 자신의 모든 것을 꿰뚫어 보는 것 같았다.

"후배 흑살검, 모든 것을 다하겠소이다."

무생이 무어라 할 틈도 없이 흑살검은 전신내공을 모두 일으켰다. 화경의 고수가 일으킨 심후한 내공은 형상을 이룰 만큼 대단했다.

그의 검에서 검강이 치솟았다.

깨달은 바가 있는지 적색이었던 검강의 색이 옅어졌다. 하지만 그 파괴력만큼은 의심할 바 없는 검강이었다.

"무음살을 밟지는 못했으나 이제나마 검과 기에 대해 알 것 같소."

그 말을 끝으로 흑살군의 신형이 사라졌다. 신법만큼은 완벽한 무음이었다. 흑살군의 움직임은 달의 그림자로 느껴질 만큼 은밀했으며 빨랐다. 무생의 곁을 스쳐 지나가는 순간 흑살군의 손에서 벗어난 검이 무생에게로 휘몰아쳤다.

"이기어검?"

당연희가 그렇게 외쳤지만 이것은 당연히 이기어검이 아니었고 단순히 검과 암기술을 혼합시킨 일격에 불과했다. 빠른 몸놀림으로 상대를 속이고 후에 발한 검으로 상대를 도륙하는 흑살군의 오의였다.

어느새 무생의 뒤에 나타난 흑살군이 암기로 무생의 사혈을 찍었다. 그와 동시에 검강 치솟은 검이 무생에게 날아와 꽂혔다.

콰앙!

바닥이 비산하여 흙먼지가 치솟았다. 뿜어져 나간 충격이 모용천을 구르게 할 만큼 거대했다.

'검강을 맨몸으로……'

흙먼지에 가려 안 보이지만 당연희는 무생의 죽음을 기정사실화했다. 아무리 금강불괴라도 검강을 아무런 대비 없이 맨몸으로 받을 수 있다는 기록은 없었기 때문이다.

무림에서 말하는 금강불괴는 전설 속 금강불괴와는 달랐다. 도검의 침입은 막을 수 있지만 기공에는 취약한 면모를 보였다.

"크, 크하하하! 꼴좋다! 무생!!"

"모용 소협……!"

무생의 희생적인 모습에 감동하여 눈물을 흘리는 만하연이 모용천을 노려보았다. 팽하월 역시 대성통곡하고 있었다.

그때였다.

"이런 말도 안 되는……!"

흑살군이 비틀거리며 뒤로 물러났다. 딱히 공격을 받은 것은 아니지만 정신적 충격이 대단하여 내상을 입을 정도였다.

그의 눈에 보인 것은 여전히 그대로 있는 무생이었다. 달라진 점이 있다면 한 발자국 정도 물러난 정도일 것이다.

바닥에는 부서진 자신의 검이 있었고, 사혈을 노린 회심의 일격은 전혀 통하지 않았다.

무생은 벌렸던 두 팔을 내리고는 찢어진 자신의 옷을 바라보았다. 방금 전 자신의 몸에 닿았던 검강이란 것이 신경 쓰인 무생이었다.

아무런 상처도 없었지만 무언가 진짜 공격을 받았다는 느낌은 이번이 처음이었다.

"이게 끝인가?"

털썩!

흑살군은 바닥에 무릎을 꿇었다.

"모두 돌아가라!"

흑살군이 그렇게 외치자 수하들이 빠르게 빠져나갔다.

"어딜 가느냐! 이 모용천이 두려운 것이냐! 하하하하!"

모용천은 실성을 했는지 그런 소리를 하며 분위기를 깼다. 만하연은 달빛에 비친 무생과 그 앞에 무릎을 꿇고 있는 흑살군을 보며 몽롱한 표정을 지었다. 이것은 마치 자신이 상상했던 그런 장면이지 않는가!

"나는 실패했소만, 이제 본교에서도 가만히 있지 않을 것이오. 그들이 나온다면……. 이제 끝내주시오."

"방금 그것보다 더 강한 것을 쓰는 자들이 있나?"

"물론! 실망시키지 않을 것이오!"

"좋군."

무생은 흑살군을 바라보다가 그대로 몸을 돌렸다. 흑살군은 전신내공을 다 일으킨 탓에 움직일 힘도 없을 지경이었다. 즉, 혼자서는 목숨을 끊지 못했다.

"왜 날 죽이지 않는 것이오?"

"흥미가 없으니까."

흑살군은 고개를 떨구며 깊은 숨을 내쉬었다. 이자는 자신이 결코 이해하지 못할 자였다. 흑살군은 이미 임무에 대해서는 잊은 지 오래였다.

그때였다.

"죽어!"

"컥!

모용천이 바닥에 있던 검을 잡더니 그대로 흑살검에게 달려

들어 그를 베어버렸다. 흑살검은 피를 토하며 그 자리에서 무너졌다.

"모용 소협!"

당연희가 경악스러운 감정을 담아 그의 이름을 불렀다.

"죽어! 죽어! 으하하! 내가 화경의 고수를 죽였다! 이 모용천이!! 으하하하하!"

"당신이란 남자는 대체……!"

만하연이 질린다는 듯 모용천을 바라보았다. 모용천은 주화입마에 빠져 이성이 사라지고 본성만이 남은 상태였다. 고개를 들은 색공이 그의 이성을 모조리 잠식했다.

모용천은 입가에 침을 흘리며 포박되어 있는 팽하월의 머리채를 잡았다.

"꺄악!"

"날 무시했지!! 흐흐흐, 내 밑에 깔리고도 그러나 보자."

"모, 모용 소협! 하, 하지 마요! 꺄악!

무생은 가만히 흑살군을 바라보다가 모용천에게로 시선을 돌렸다. 모용천은 팽하월의 목덜미에 얼굴을 파묻으며 비릿한 미소를 짓고 있었다.

팽하월은 풍겨오는 썩은 내와 수치심에 정신이 혼미할 지경이었다. 모용천과 눈이 마주친 무생은 다물어져 있던 입을 떼었다.

"너에게 관심이 생겼다, 모용천."

무생은 내기를 일으켰다. 급격하게 일으켜진 내기는 주변

사물에 영향을 미칠 정도로 거대했다. 무생은 주먹을 강하게 쥐었다.

무생이 만든 무공 권법은 단 한 초식에 불과했다. 금호 상단의 본관 건물을 날려 버릴 만큼 상식을 초월하는 파괴력을 지닌 일 초식이었다.

"권강……!"

당연희가 무생의 주먹에 서린 유형화된 기운을 보며 외쳤다. 황금빛으로 넘실거리는 권강은 흑살군이 보였던 검강과는 궤를 달리했다.

일반 강기와는 달리 이것은 선천지기로 형성된 강기였다. 무생의 겪은 세월이 온전하게 쌓여 있는 것이다.

누군가 이 사실을 알았더라면 동귀어진에 가깝게 생각할 테지만 무생의 끊임없이 샘솟는 선천지기는 그 끝을 몰랐다.

"무 공자! 하, 하월이를 부탁해요!"

"그래야 하나?"

모용천의 풀린 눈을 보니 사고라도 칠 기세였다.

"부탁이에요. 무엇이든 다 들어줄 테니 제, 제발!"

"무엇이든?"

"네! 부, 부탁해요."

무생은 눈이 퉁퉁 부었는데도 눈물을 흘리고 있는 팽하월의 얼굴을 보이자 들었던 주먹을 내렸다.

잘못하면 팽하월까지 날려 버릴 수 있었다. 당연희의 부탁도 있었고, 어린 여자를 죽인다는 것은 무생으로서도 그다지

하고 싶지 않은 행동이었다.

'문제가 있군.'

위력이 너무나 강한 것이 문제였다. 이제 막 내기의 존재를 깨닫고 운용했기 때문도 있지만 애초부터 기운이 너무 강대하여 조절에 어려움을 느꼈다.

이를테면 아주 미세하게 기를 방출했더라도 남들이 보기엔 그것이 전력으로 보일 정도로 말이다.

'좀 더 빠르고 약한 것이 필요해. 음, 이것도 나름대로 재미가 있군. 내가 헤매며 못하는 것이니……'

무공이란 것은 무생에게 많은 생각을 하게 해주었다. 전혀 생각해 보지 않은 것들을 떠올리게 해주고 많은 문제들을 안겨주었다.

'재미있군.'

무생은 문득 이 무공이라는 것의 끝이 궁금해졌다. 과연 이 끝에는 무엇이 기다리고 있을까? 처음으로 끝이 기대되는 것이 바로 무공이었다.

무생은 생각에 빠져들었다. 여러 생각과 고민들을 안겨주는 무공이 점차 마음에 들기 시작한 무생이었다.

다른 무공을 좀 더 참고하고 견식해야 할 필요성을 느꼈다. 무생은 흑살군과 그의 수하들이 펼쳤던 움직임을 자세히 떠올려 보았다.

모든 움직임이 분해되어 하나하나씩 조립해져 갔다. 필요한 부분을 가져오고 불필요한 것들은 제거하였다.

무생이 추구하는 것은 자신의 몸을 파괴시킬 정도로 강력한 무공이었지만 지금은 필요에 의해 부드러움과 억제를 넣고 있었다.

'천하제일절대무적권법치고는 약한 느낌이지만 이 정도라면 괜찮겠지.'

무생은 몰랐다.

자신이 약하다고 생각되는 위력이 무림인들은 평생 쫓는 경지라는 것을 말이다. 물론 알았다고 해도 상관없었다. 단지 무생은 흥미가 돋았고, 필요에 의해서 만든 것일 뿐이었다.

천하삼절을 만나서 죽으려면 그래도 그럴듯한 것은 만들어 보여야 하지 않겠는가.

"으, 으!"

무생이 잠시 생각에 빠진 순간 모용천이 뒤로 몸을 내뺐다.

모용천은 무생의 기세에 겁을 먹고는 팽하월을 품에 끼고는 그대로 도주한 것이었다.

'역시 재미있는 녀석이야.'

무생의 모용천에 대한 평가였다.

유쾌한 마음이 가슴에 일어난 무생이었다.

『무생록』 2권에 계속…

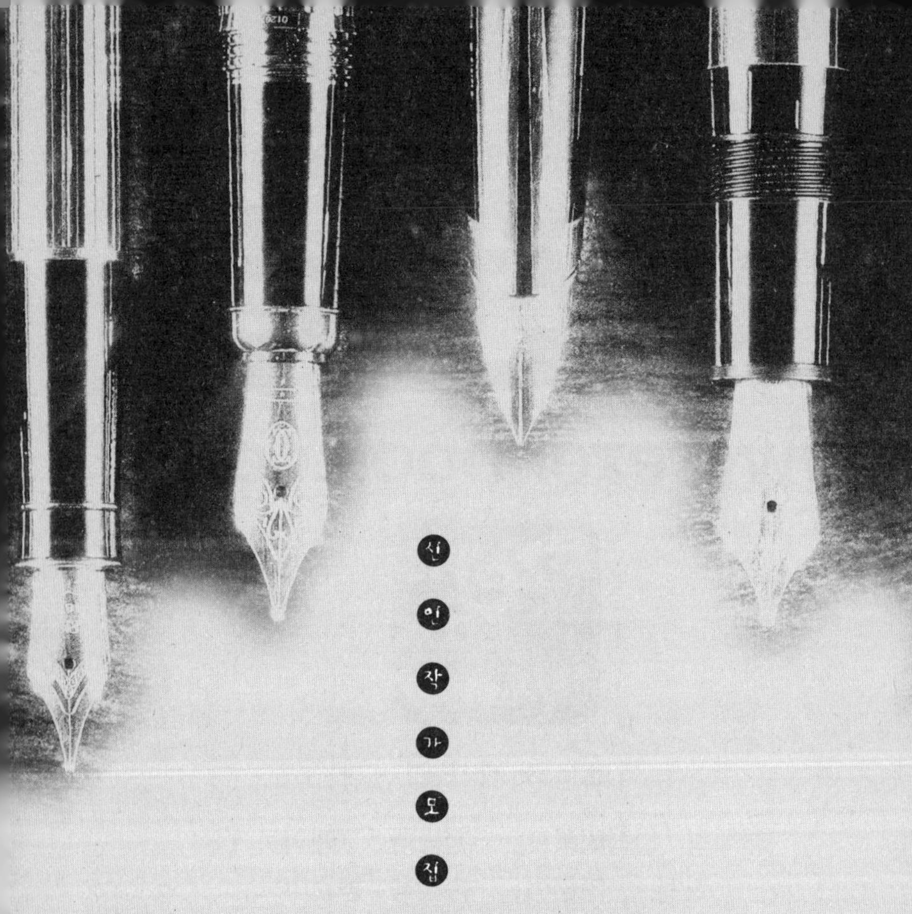

신
인
작
가
모
집

시작이 반이라고 했습니다.
작가의 길에 대한 보이지 않는 벽을 과감히 깨뜨리십시오!
청어람은 작가 지망생 여러분들의
멋진 방향타가 되어드리겠습니다.

저희 도서출판 청어람에서는
소설 신인 작가분들을 모집합니다.
판타지와 무협을 사랑하시는 분들의 많은 참여를 바랍니다.
소정의 원고(A4용지 150매)를 메일이나 우편으로 보내주시면
검토 후 출판 여부를 알려드리겠습니다.

주소:경기도 부천시 원미구 심곡2동 163-2 서경 B/D 2F 우편번호 420-822
TEL:032-656-4452 · FAX:032-656-4453
http://www.chungeoram.com
e-mail:chungeoram@chungeoram.com